名歌と名句の不思議、楽しさ、面白さ

武馬久仁裕 編著

黎明書房

はじめに

古今の名歌二一首と、名句四七句を厳選しました。

それぞれ**訳**、**鑑賞**、**面白さ**、**こんな人**の順に紹介してあります。

訳　意訳を交え、できるだけ分かりやすい訳を心掛けました。

鑑賞　それぞれの和歌（短歌）や俳句を読む際の**眼目**、**見どころ**について述べました。

面白さ　それぞれの和歌（短歌）や俳句の**表現のあり方の面白さ**を説明しました。

こんな人　出身地、主な業績、生まれた年、亡くなった年などを簡単に紹介しました。

この本の特徴は、名歌二一首と、名句四七句を鑑賞する助けとなるキーワードを、それぞれの作品に付けたことです。例えば、**小野小町**《おののこまち》の「**花の色はうつりにけりないたづ**《ず》**らにわが身世**《みよ》**にふるながめせしまに**」のキーワードは、「**くり返す無常**」です。その他、キーワードは多彩です。**からまる言葉、エロス、なくてもある美、いのちへの賛歌、俗なるものの美、世界を美しく飾る（荘厳**《しょうごん》**）、下にあるものは下に、両掛**《りょうが》**かり、くり返し、ひねり、一字を味わう、一語へのこだわり、ひらがなへのこだわり、オノマトペ（声喩**《せいゆ》**）、別の人になる……**、などです。本文を読まれればご納得いただけると思います。その他、大事な個所は太字にしました。

それぞれの和歌（短歌）や俳句の読み方は、**今までよりも、もっと深くもっと面白く**を心掛けました。では、本書をお楽しみください。

二〇二〇年三月三日

武馬久仁裕

目次

名句の不思議、楽しさ、面白さ　27

名歌の不思議、楽しさ、面白さ

1 大伯皇女――わが背子を（和歌は物語とともに）

訳 私の最愛の弟との別れを惜しんでいると、いつの間にか夜が更《ふ》け、朝になってしまいました。私は、大和に帰る弟を見送りながら朝露に濡れてただ立ち尽くすだけでした。

鑑賞 この歌は、天武天皇の死後、謀反《むほん》の疑いを掛《か》けられた**弟、大津皇子《おおつのみこ》（天武天皇の子）が、姉である斎宮《さいぐう》＊の大伯皇女に、最後のいとまごいに伊勢神宮まで来た時のもの**とされています。

弟を大和へ帰すことは死を意味します。弟を引きとめ、死を引き止めようとしても、時は過ぎてゆき、明け方の露に立ち濡れるほかないという**悲しい現実が詠《よ》まれた歌**です。

大津皇子は、その後捕らえられ、処刑されました。二十三歳でした。＊伊勢神宮に仕えた未婚の皇女。

面白さ 日本最初の歌集『万葉集《まんようしゅう》』の第三巻に収められた歌です。万葉集は、和歌と詞書《ことばがき》（歌の前に付けられたその歌の言われが書かれたもの）によって編集され、歴史物語のようなところがあります。大化の改新以後の歴史を生きた人たちの生き様を、歌によって味わうことができます。

すぐれた和歌は、物語とともにあります。その物語とともに人々は、歌を楽しんだようです。

こんな人 大伯皇女。天武天皇の皇女です。斎宮を十三年間務めました。六六一～七〇一年。

わが背子《せこ》を大和《やまと》へ遣《や》るとさ夜深《よふ》けて暁露《あかときつゆ》にわが立ち濡《ぬ》れし

大伯皇女《おおくのひめみこ》

2

大伴家持——うららに（悲しい春）

訳 うららかに照り輝いている春の日のもと、雲雀《ひばり》が空高くで鳴いている。そんなときはなぜか悲しい。一人で物思いにふけっていると。

鑑賞 普通ならうららかな春の日差しのもと、のどかに雲雀もさえずっていれば、こころもゆったりし、うきうきするはずです。しかし、この人は悲しいのです。何ともしようのないことに思いを巡らせているのです。

春になれば自然に嬉しくなるとは限らない、人のこころと自然とが一致しない時代に、この人は生きています。 この人は孤独なのです。憂鬱《ゆううつ》なのです。そこで憂鬱な孤独感をまぎらわせるために八世紀の平城京の若き貴族は、歌を詠《よ》み、それを書き留めました。歌を書くことが、救いとなりました。楽しみとなりました。（この歌は、『万葉集《まんようしゅう》』の第十九巻にあります。）

面白さ 作者、大伴家持は言っています。「この**こころの痛みは、歌でなければ払いのけることはできない**」と。自覚的な詩人の誕生です。

こんな人 大伴家持。大伴旅人《おおとものたびと》の長男です。奈良時代の貴族、歌人。律令《りつりょう》国家内の権力闘争で藤原氏に敗北しました。『万葉集』に一番たくさん歌が収録されており、『万葉集』の編纂《へんさん》に関わったのではないかとされています。七一八？～七八五年。

うらうらに照《て》れる春日《はるひ》に雲雀《ひばり》あがり情悲《こころかな》しも独《ひと》りしおもへ《え》ば

大伴家持《おおとものやかもち》

3 在原業平——月やあらぬ（からまる言葉）

訳 月は昔のままの月だ。春は昔のままの春だ。しかし、私自身だけが昔のままのようでいて、昔のままとは思われないのだ。悲しいことだ。

鑑賞 **愛する人への思い、愛する人を失った悲しみが、「月」や「春」や「わが身」にからまるように詠《よ》まれています。**超訳してみます。

「愛する人と愛《め》でる月でないなら、それは本当の月ではないのではないか。愛する人と過ごす春でないなら、それは本当の春ではないのではないか。愛する人がいなくても、私自身だけが変わらずもとのままのようだが、しかし、それも本当の私自身ではないのではないか。すべてが、はかなく悲しく思われることだ」と。

恋の歌の中でも、古今の絶唱とされます。

面白さ 平安時代随一のプレイボーイ業平が主人公の『伊勢物語』には、後に清和天皇の后《きさき》となる藤原高子《ふじわらのこうし》との一世一代の恋のことが載《の》っています。業平が、逢瀬《おうせ》を重ねた、今は廃屋となった邸宅《ていたく》の跡で月を愛でながら、去年の春に自分の前から消えた高子を偲《しの》び、詠《よ》んだ歌です。

こんな人 在原業平は、平城《へいぜい》天皇の孫です。平安時代前期の貴族で、六歌仙《ろっかせん》、三十六歌仙《さんじゅうろっかせん》に選ばれた優れた歌人です。政治的には不遇で位は従四位上《じゅよんいじょう》に止まりました。八二五年〜八八〇年。

月やあらぬ春や昔の春ならぬわが身ひとつはもとの身にして

在原業平《ありわらのなりひら》

4 小野小町——花の色は（くり返す無常）

訳 桜の花は色あせてしまったことだ。むなしく身《み》過《す》ぎ世《よ》過《す》ぎ（日々の生活）にあけくれ、降り続く雨を眺めているうちに。

鑑賞 小野小町は、絶世の美女だという言い伝えに影響され、**この歌は小野小町が、自らの容色（花の色）の衰える（移《うつ》る）のを嘆《なげ》く歌としても読まれてきました。**私の美貌《びぼう》もいつの間にか衰えてしまった！多くの恋愛を経験し、それを眺め暮しているうちに、というわけです。

「ふる」は「経《ふ》る」と「降《ふ》る」、「ながめ」は「眺《なが》め」と「長雨《ながめ》」が、掛《か》けられています。

面白さ **この歌は倒置になっています。**ですから、「ながめせしまに」と、**文が途中で終わるので、余韻を感じます。**次いで読者は、その余韻を埋めるため、「ながめせしまに」に続く言葉を求め、**歌の先頭に戻《もど》って読むことになります。**

「**いたづらにわが身世にふるながめせしまに花の色はうつりにけりな**」といった具合に。

これが、いつまでもくり返されるのです。移ろい行く、はかない無常《むじょう》の世《よ》のくり返しです。

こんな人 小野小町。平安時代前期の女流歌人。六歌仙《ろっかせん》、三十六歌仙《さんじゅうろっかせん》の一人。百夜通ったらあなたの愛を受け入れますと言われ、九十九日目に雪の中で息絶えた深草少将《ふかくさのしょうしょう》の伝説は有名。☆百人一首収録。

花《はな》の色《いろ》はうつりにけりないたづ《ず》らにわが身世《みよ》にふるながめせしまに

小野小町《おののこまち》

5 紀友則——五月雨に（心の深淵）

訳 五月雨を聞きながら物思《ものおも》いにふけっていると、ほととぎすが夜ふけに鳴きながら遠ざかって行った。いったいどこへ行くのだろう。

鑑賞 五月雨は、今で言う六月の梅雨です。
この歌の眼目は「ふかく」です。直接には「深夜（夜ふかく）」の「深」の「ふかく」ですが、この「ふかく」は歌のすべてをおおっています。
この人は、降り続く五月雨の音を四方に聞きながら、深く物思いにふけっています。そして、ほととぎすは、五月雨の降る夜の深い闇の中に、悲しく鳴きながらどこへともなく去って行きます。**どのように生きたらよいのか思い悩み、行き迷う心の深淵（しんえん）に迫る歌です。**

面白さ 合計二百首による大規模な歌合《うたあわせ》、寛平《かんぴょう》御時后宮歌合《のおおんときききさいのみやのうたあわせ》の際の歌です。九世紀の終わりに、宇多《うだ》天皇の命により、母后の班子女王《はんしじょおう》名義で行われました。参加歌人は、他に紀貫之《きのつらゆき》や壬生忠岑《みぶのただみね》などです。歌合とは、歌人が左右に分かれて、一番ごとに同じ題で作った歌の優劣を競う歌会です。平安時代初めから始まりました。歌人は鎬《しのぎ》を削りました。

こんな人 紀友則。平安時代前期の歌人。紀貫之のいとこです。三十六歌仙の一人で、『古今和歌集《こきんわかしゅう》』の撰者《せんじゃ》の一人です。位は、貴族である五位に届かず正六位上《しょうろくいじょう》で終わりました。

五月雨《さみだれ》に物《もの》思《も》ひ《い》を《お》れば郭公《ほととぎす》夜《よ》ふかくなきていづ《ず》ちゆくらむ《ん》

紀友則《きのとものり》

6 和泉式部——黒髪の（エロス）

訳 黒髪の乱れているのも気づかず恋に悩み、顔をすっかり伏《ふ》せていると、かつて目覚めた時にまず私の黒髪を掻《か》きあげて私の顔を見た人が、真っ先に恋しく思われる。

鑑賞 **「かきやりし」が良いです。**なぜ良いかと言いますと、**エロスがいっぱいだからです。**エロス（性愛）の基本は、体で触れ合うことです。

「かきやる」とは、この場合、女性の長い黒髪を男が優しく掻きのけることです。そのとき、手を通して男の全身には、さらさらとしたしなやかな黒髪の感触が伝わります。そして、髪に触れられた女は、**触れられた男の手の感触を、髪を通して全身で味わい、うっとりするのです。**それが、後朝《きぬぎぬ》のことであればなおさらです。

後朝とは、一夜を共にした男女が迎える朝のことです。甘美な一夜の後のつらい別れが待っています。

「かきやりし」とは、そうした男女の思いがこもった身のこなしなのです。

面白さ 和泉式部の最後の夫は、武勇でならした藤《ふじ》原保昌《わらのやすまさ》です。彼女から内裏《だいり》の紫宸殿《ししんでん》の梅が欲しいと言われ、見事盗《と》ってきたという話があります。

こんな人 和泉式部。恋多き平安時代中ごろの優れた女流歌人です。一条天皇の中宮《ちゅうぐう》、彰子《しょうし》に紫式部などと女房として仕えました。小式部内侍《こしきぶのないし》の母です。

黒髪《くろかみ》のみだれも知らずうちふせばまづ《ず》かきやりし人ぞこひ《い》しき

和泉式部《いずみしきぶ》

7 小式部内侍──大江山（道行）

訳 大江山を経て生野《いくの》へ行く道すら遠いので、さらに向うの天に向かうための橋という天の橋立まで行ったことはありません。まして、天の橋立からの手紙など見たこともありません。

鑑賞 旅の道順を歌枕《うたまくら》*によって描く道行《みちゆき》になっています。**大江山（丹波国《たんばのくに》）→いく野（生野、丹波国）→天の橋立（丹後国《たんごのくに》）**と。

そして、「大江山」の大は大きな、「いく野」のいくは、幾《いく》つもの幾と地名の生野の生と行く、**「ふみもみず」は、踏みもみずと文も見ず**、といったようにいくつもの意味が掛《か》けられています（掛詞《かけことば》）。**大きな山から幾つもの野を経て天に到る道行と、巧みな掛詞による見事な歌です。**

＊歌に詠《よ》む由緒ある地名。

面白さ 歌合《うたあわせ》（一〇頁参照）に召《め》された小式部内侍を、歌人として名高い藤原定頼《ふじわらのさだより》が「お母さんに代わりに作ってもらった歌は、丹後から届きましたか」とからかいました。当時、母親の和泉式部は、夫の藤原保昌《ふじわらのやすまさ》の任地丹後にいたのです。小式部内侍は、その場を去ろうとする定頼の着物の袖をつかんで即座に詠《うた》いかけました。「大江山いく野の道の……」と。定頼は歌を返せず、退散しました。

こんな人 小式部内侍。和泉式部の娘です。和歌に優れ、皆に好かれた人でした。出産後、二十台半ばで亡くなりました。?～一〇二五年。☆百人一首収録。

大江山《おおえやま》いく野《の》の道の遠ければまだふみもみず天《あま》の橋立《はしだて》

小式部内侍《こしきぶのないし》

8 藤原定家——見わたせば（なくてもある美）

訳 いくら見渡しても桜の花も紅葉もまったくない！　ここ漁師小屋のある浜辺の秋の夕暮れには。

鑑賞 日本の自然美を二つ選ぶとすれば春の桜の花、秋の紅葉です。ところが、この歌では、遠くを広く見渡しても、桜の花も紅葉もないと言います。あるのは、浜辺のわびしい漁師の小屋のある秋の夕暮れだけだと言います。

定家は桜でも紅葉でもない、**「浦の苫屋の秋の夕暮」という、華《はな》やかさとは正反対のわびしさの美を発見したのです。**

面白さ この歌のすごさは、これだけではありません。初めに、「見わたせば花も紅葉もなかりけり」と、花も紅葉もないと否定するのですが、否定されても、一度読んだら、花と紅葉は読者の心から消えることなく残ります。（否定態《ひていたい》の表現と言います。）**その心に残った花と紅葉の面影《おもかげ》が、わびしい漁師小屋のある秋の夕暮に重なり、秋の夕暮を荘厳《しょうごん》（美しく飾ること。四四頁を参照）するのです。**

花と紅葉の面影が、秋の夕暮の美しさに深みを与え、美しさを強調するわけです。

こんな人 藤原定家。貴族、歌人。『新古今和歌集《しんこきんわかしゅう》』や『小倉百人一首《おぐらひゃくにんいっしゅ》』の撰者《せんじゃ》として、平安末から鎌倉初期に活躍しました。源実朝《みなもとのさねとも》の和歌の先生でもあります。一一六二～一二四一年。

見わたせば花も紅葉《もみじ》もなかりけり浦《うら》の苫屋《とまや》の秋の夕暮《ゆうぐれ》

藤原定家《ふじわらのていか》

9 源実朝——世の中は（いつもと違う風景）

訳 無常《むじょう》の世の中であるが、いつまでも変わらないままであってほしい。しかし、普通なら渚を漕ぎ進んで行く漁師の小舟が、今日はめずらしく舳先《へさき》についた綱である、綱手を引かれて進んで行く。心引かれる風景だけに、いよいよ無常を感じ悲しく思われることだ。

鑑賞 舟というものは、海や川に浮かんでいるもので、もともと頼りなく、はかないものです。それが小舟ならましてやです。

　この歌では、その**頼りない小舟が、無常の世（現《げん》世《せ》）の象徴として詠《うた》われています。**海の上を漕いで揺れながら遠ざかって小さくなって行くだけでも無常を感じさせて悲しいのに、まして、漕がれもせず、人に引かれてゆらゆらと遠ざかって行く様《さま》は、一層頼りなく、悲しさがいよいよ増すのです。**心引かれ目を向けたばかりに見てしまった悲しい風景なのでした。**

面白さ **万葉仮名《まんようがな》**（『万葉集』は、仮名のように日本語の音に漢字を当てて書かれました）**で、舟は、「不根《ふね》」（根なし草）**と書かれた例もあります。

こんな人 源実朝。鎌倉幕府第三代将軍。右大臣。歌人で、藤原定家の弟子です。歌集に『金槐和歌集《きんかいわかしゅう》』があります。兄の二代将軍、源頼家《みなもとのよりいえ》の子の公暁《くぎょう》に殺されました。一一九二〜一二一九年。☆百人一首収録。

世《よ》の中は常《つね》にもがもな渚《なぎさ》漕《こ》ぐあまの小舟《おぶね》の綱手《つなで》かなしも

源実朝《みなもとのさねとも》

10

橘曙覧——若葉さす（いのちへの賛歌）

訳 若葉が萌えるころは、どこの山を見ても何の木を見ても美しくつややかなことだ。

鑑賞 目の前の若葉をテーマに、よけいな飾りの言葉をつけずに、やさしい言葉で詠《うた》っています。

自然のいのちの息吹を、萌え上がる若葉に見たこの人は、若葉におおわれた山々、若葉の茂る木々の麗しさにすなおに感動しています。

「麗しきかな」とは、たんに、**若葉がきれいだからではありません。いのちの美しさ、素晴らしさを見て感動した言葉です。**

「どこの山を見ても何の木を見ても」と畳《たた》みかけることで、すべてのいのちあるものへの賛歌になっています。

面白さ 何となく石川啄木《いしかわたくぼく》の歌を思い出します

ふるさとの山に向ひ《い》て
言ふ《う》ことなし
ふるさとの山はありがたきかな　啄木

こんな人 橘曙覧。越前国《えちぜんのくに》（福井県）出身の国学者、歌人。短歌の革新をめざした正岡子規《まさおかしき》が「無内容な風や月を詠《うた》うことなく、自分のこころを詠った」と絶賛しました。曙覧の歌「独楽吟《どくらくおん》」五二首は有名です。一八一二～一八六八年。

＊子規の歌は一六頁を見てください。

若葉《わかば》さすころはいづ《ず》この山《やま》見ても何《なん》の木《き》見ても麗《うるわ》しきかな

橘曙覧《たちばなのあけみ》

11 正岡子規――瓜茄子（俗なるものの美）

訳 瓜や茄子を商《あきな》う店を珍しいと思い、人力車の速度を落として狭い道を通って行くことだ。

鑑賞 たまたま人力車で通りかかった狭い小道でこの人は、めずらしいものを見つけました。しかし、それは特別のものではありませんでした。**瓜や茄子などというおよそ雅《みやび》な和歌の題材とは無縁の青物《あおもの》**を売っている店（八百屋）でした。

その青物は、人々が、日々普通に食べているありふれたものです。そのありふれたものを売っている店をめずらしく思ったのです。

なぜでしょうか。それは、**瓜や茄子という俗《ぞく》なるもの、日常生活に染まったものに美を発見した**からです。新しい美の発見です。

この人は、その**俗なる青物の美しさに打たれ、瓜や茄子を題材にした歌を作りたく思ったに違いない**のです。

そこで、ゆっくり見ようと車の速度をゆるめ、青物屋のある狭い道を通って行ったというわけです。

面白さ 作者の審美眼《しんびがん》（何が美かそれを見極める眼）のありどころがよくわかる歌です。

こんな人 正岡子規。愛媛県松山出身。俳句の革新をなしとげ、ついで短歌（和歌）の革新《かくしん》に進みました。慶応《けいおう》三（一八六七）年～明治三十五（一九〇二）年。

瓜茄子《うりなすび》あきなふ《う》店をめづ《ず》らしみ車《くるま》ゆるめて小道《こみち》より行《ゆ》く

正岡子規《まさおかしき》

12 石川啄木——やはらかに（三行書きの妙）

訳 やわらかに柳が青い芽をふき始めた、
北上川の岸辺が目に見える。
まるで私に泣けと言っているように。

鑑賞 春が来ました。この人は、不意に思い出しました。故郷の風景を。

その風景は、やわらかくいのちを包み、いのちの息吹を感じさせるものでした。それは、普通なら、人を微笑《ほほえ》ませるはずのものです。

しかし、**この風景は、この人には、「さあ、泣け」と言っているように感じられたのです。なぜでしょう。**それは、目に浮かんだ風景が、この人にとっては、あまりにも幸福なものだったからです。

啄木は、**三行目に「泣けとごとくに」をもってくることによって、北上川の故郷の美しさを強調し、理想化しました。**未《いま》だ志《こころざし》を遂げずに都会に生きる、自分の現実の代わりに。

面白さ 三行書きによって、**「北上」が二行目の頭に来ます。これによって、故郷の風景の地理的位置が、遠く北にあるイメージが生まれます。**

地図は北を上にして作られていますので。

こんな人 石川啄木。岩手県出身の歌人、詩人。明治四十三（一九一〇）年、画期的な三行書き歌集『一握《いちあく》の砂《すな》』を出版。短歌に新生面を開きました。明治十九（一八八六）年～大正元（一九一二年）年。

やは《わ》らかに柳《やなぎ》あを《お》める
北上《きたかみ》の岸辺《きしべ》目《め》に見ゆ
泣《な》けとごとくに

石川啄木《いしかわたくぼく》

13 伊藤左千夫——九十九里の（地名の力）

九十九里《くじゅうくり》の波の遠鳴《とおな》り日のひかり青葉《あおば》の村を一人来《き》にけり

伊藤左千夫《いとうさちお》

訳 九十九里浜*の波の音を遠く聞きながら、日の光を浴びて、輝く青葉の村を私は一人でやって来たことだ。＊千葉県の太平洋に面した砂浜の海岸。

鑑賞 **初めの九十九里という地名が、よく効《き》いている歌です。九は、一から九の内で一番大きな数です。**その九が二つも重なったとても長い海岸線を思わせる地名です。その長い海岸の波の音を長い間聞きながら、この人はやって来るのです。

日の光も、九十九里という言葉によって、燦々《さんさん》と降り注ぐとても開放的な光のような感じがします。そして、その「ひかり」が「青葉の村」に続くことによって、青葉の照《て》り映《は》える村の姿が見えてきます。そのような**美しい村を通って光り輝く人がやって来ます。希望に満ちて。**思わず読者もその世界を歩いてみたくなる、素敵な歌です。

面白さ 「九十九里」で始まり、「一人来にけり」で終わっています。**九十九と一が互いに照らし合って、互いを強調し合っています。**

こんな人 伊藤左千夫。千葉県出身の歌人、小説家。歌は正岡子規に学びました。数え十五の政夫と十七の民子の悲恋の物語、『野菊の墓』は、若い読者の涙を誘いました。生業は搾乳業《さくにゅうぎょう》で、「牛飼《うしかい》が歌よむ時に世のなかの新《あらた》しき歌大いにおこる」は有名です。元治元（一八六四）年〜大正二（一九一三）年。

14 長塚節——馬追虫の（そよろ）

訳 馬追虫の長い髭がかさりとかすかな音を立ててやって来る。そのようにひそやかにやって来る秋は、目をつむって心の目で見なければ見られないのだ。

鑑賞 藤原敏行《ふじわらのとしゆき》の『古今和歌集《こきんわかしゅう》』の歌、

秋きぬと目にはさやかに見えねども風の音にぞおどろかれぬる（秋が来たとは目にははっきり見えないけれど、風の音にはっと気づかされたよ。秋が来たことに。）は、音（耳）で秋の訪れを際立たせた名歌です。

長塚節のこの歌も、秋の訪れをとらえようとしたことでは一緒ですが、訳で述べましたように、敏行とは違った視点で書かれた名歌です。

敏行の歌では、風の音で秋をとらえたところで終っています。しかし節の歌では、馬追虫の長い髭が立てる微妙な音の元、**秋というものそのものをイメージ化（想ひ見る）してとらえよと言っています。**

面白さ 「そよろ」は、物が何かにあたり、かすかな音を立てることです。多くの人は、この「そよろ」をそのまま読まずに、秋風に触れるとか、秋風にそよぐとか解釈しますが、**これは馬追虫の長い髭（触覚）が、秋そのものに触れて立てる音なのです。**

こんな人 長塚節。茨城県出身の歌人、小説家で、正岡子規の歌の弟子です。明治十二（一八七九）年～大正四年（一九一五）年。

馬追虫《うまおい》の髭《ひげ》のそよろに来る秋はまなこを閉ぢ《とじ》て想ひ《おもい》見るべし

長塚《ながつか》 節《たかし》

15 島木赤彦――月の下の（さびしさ）

訳 地上を照らす月の光の弱さをさびしがって、踊り子の体がくるりとまわったことだ。

鑑賞 青白い月の光の下で踊る踊り子を見物していた人の目には、訳のように見えたのです。

月の光は、太陽の光と比べてずっと弱くさびしいものです。その光のさびしさを感じた踊り子の体は、さびしさを振り払うかのように、くるりと回転しました。くるりと回って再びその顔を見せた時、踊り子の表情はきっと明るくなっていたことでしょう。気持ちのよい歌です。

踊り子が力強くあざやかに回転したことは、「からだくるりとまはりけるかも」という、力強くなめらかな音の連続と、ひらがな表記から感じ取ることができます。大正三年、八丈島《はちじょうじま》での歌です。

面白さ 赤彦の歌には、さびしさをテーマにした歌が多いです。先の歌と同じ時のものです。

島芒《しますすき》舌にあつれば塩はゆしこころさびしく折りにけるかな（島のすすきを舌に当てたらしょっぱかった。そうしたらなぜかさびしくなったので、そのすすきを折ってしまったことだ。）　赤彦

こんな人 島木赤彦。長野県出身の教育者、歌人です。短歌雑誌『アララギ』を再建し、大正時代の歌壇をリードしました。明治九（一八七六）年～大正十五（一九二六）年。

月の下の光さびしみ踊《おど》り子のからだくるりとまは《わ》りけるかも

島木赤彦《しまぎあかひこ》

16 若山牧水——海底に（海の深さ）

訳 深い海の底に眼のない魚が棲んでいるという。その眼の無い魚の恋しいことよ。

鑑賞 深い海に棲む眼のない魚を、なぜこの人は恋しく思うのでしょう。

それは、**見えないことによって、海底に棲む魚のこころは、まだ汚れていない**からです。この人は、もう十分外の世界を見て、こころが汚れてしまっているのです。だからこそ、「眼のなき魚」「眼の無き魚」とくり返し、眼の無い魚を切に恋しく思うのです。

面白さ 上は「眼のなき魚」で、下は「眼の無き魚」になっています。なぜでしょう。

それは、一首全体が、牧水の描いた海だからです。歌の上から下へと、しだいにこの海は深くなって行きます。

漢字の「眼の無き魚」のいるところは、ひらがなの「眼のなき魚」のいるところより深いのです。その分「なき」より「無き」の方がなきが強調されることになります。歌に奥行きを持たせるためのレトリック（言葉の綾《あや》）です。

こんな人 若山牧水。宮崎県生まれ。旅を愛し、酒を愛した歌人でした。石川啄木の最期を看取《みと》った一人でもあります。明治十八（一八八五）年～昭和三（一九二八）年。

海底《うなぞこ》に眼《め》のなき魚《うお》の棲《す》むといふ《う》眼の無き魚の恋《こい》しかりけり

若山牧水《わかやまぼくすい》

17 与謝野晶子——下京や（からかったのは誰）

訳 京都の下京にある口紅屋の入口をくぐった男は、なんと可愛いことでしょうと、春の夜のお月さまが見てらしたわよ。

鑑賞 **女性作家が男性を可愛いと言い切る立派さ、場面立ての美しさ、面白さを兼ね備えた歌です。**

「下京や紅屋が門をくぐりたる」までは、おかしくありません。しかし、「男」で、おや？と思います。そして、その後にくる「かわゆし」で、おお大したものだと読者を感心させます。

最後は、「男かわゆし春の夜の月」で収められますが、これがなかなかのものです。朧《おぼろ》な春の夜の月の光のもとのおぼろな出来事であるのは明白ですが、さらに仕掛けがあります。

この愛すべき男を「かわゆし」と思っているのは、歌の中では、一切《いっさい》を見ていた「春の夜の月」なのです。**作者は、こっそり思い人へのプレゼントを買いに来てもお月様がお見通しですよ、とお月さまにからかっているのです。**

面白さ 「下京」は、京都の下町ですが、下町であっても「京」の一文字が、この歌に雅な感じを出しています。

こんな人 与謝野晶子。大阪府の堺《さかい》出身。近代最大の女流歌人です。歌集『みだれ髪』など多数。明治十一（一八七八）年～昭和十七（一九四二）年。

下京《しもぎょう》や紅屋《べにや》が門《かど》をくぐりたる男かわゆし春の夜《よ》の月

与謝野晶子《よさのあきこ》

18 北原白秋――君かへす（世界を美しく飾る）

訳 雪の積もった朝の敷石を、一夜《ひとよ》自分のもとに泊まった君は、さくさくと踏んで帰って行く。帰したくない！ 雪よ、せめて林檎の香りが降るように甘い美しい香りをもってさくさくと降ってくれ。

鑑賞 **引き止めるかのように降り出すやらずの雨ならぬ、やらずの雪**ですが、道ならぬ恋ですから愛する人は帰さねばなりません。そこで、雪への呼びかけです。

男は、彼女のつらい身上を思い、「雪よ、引き止めることができないのなら、林檎の香りが降るように甘く美しく、彼女の帰り道にさくさくと降ってくれ」と願います。

男は、彼女のつらい帰り道を、せめて幸せの象徴である林檎の香りで美しく飾ろうとしたのです。これを荘厳《しょうごん》（四四頁を参照）と言います。

面白さ 「さくさく」は、「雪の舗石さくさくと」と、「さくさくと雪よ林檎の香のごとくふれ」のように上と下の両方に掛《か》かります。林檎の香りのように降る雪は、かろやかにリズミカルに、甘く降ります。

こんな人 北原白秋。福岡県柳川《やながわ》出身。優れた詩、短歌、童謡、民謡などを発表し、国民的な詩人として活躍しました。明治十八（一八八五）年～昭和十七（一九四二）年。

君《きみ》かへ《え》す朝の舗石《しきいし》さくさくと雪よ林檎《りんご》の香《か》のごとくふれ

北原白秋《きたはらはくしゅう》

19 前田夕暮——向日葵は（いのちの神々しさ）

訳 向日葵の花は金色の油を身に浴びたかのようだ。ゆらりと揺《ゆ》れたかと思うと、その向日葵の花は、小さな日を押しのけて空高く輝いていたのだ。

鑑賞 この歌では、**大きな日（太陽）も、下にありますので小さく見えます。**「日の小ささよ」という言葉に真実味があります。

上にある「日」の字を含んだ向日葵は、大きく見えます。金色の油を身に浴びたように黄金色に輝いている堂々たる向日葵の花が目の前に現れます。そして、ゆらりと揺れた瞬間、向日葵の花は日の高みに上ります。

それに対し日は、軽い小さな物のように、ゆらりと揺れて己の場を向日葵にゆずったのでした。向日葵のいのちを神々しいばかりに詠《よ》んだ歌です。

面白さ では、「ゆらり」の傍点《ぼうてん》は何でしょう。それは、鑑賞で述べたように、「ゆらり」が、向日葵と日の両方に掛《か》かり、この歌の世界を揺るがし、一変させるものだからです。

また、ゆらり感とゆらりと揺れたときにこぼれる油のしずくの姿を形にしたものとしても読めます。（これを形象化といいます。）

こんな人 前田夕暮。神奈川県出身。若山牧水とともに自然主義の二大歌人と言われました。明治十六（一八八三）年～昭和二十六（一九五一）年。

向日葵《ひまわり》は金の油《あぶら》を身にあびてゆらりと高し日のちひ《い》ささよ

前田夕暮《まえだゆうぐれ》

20 斎藤茂吉——赤茄子の（世界を真逆に飾る）

訳 赤茄子（トマト）の腐っていたところからそれほど行ってはいなかったのだ。

鑑賞 不思議な歌です。でも、手がかりはあります。

第一の句にトマトとは言わず「赤茄子」という言葉を使ったことです。

この歌は、天辺《てっぺん》に「赤」という言葉を戴く、腐った赤茄子の照らす世界なのです。この人は、その赤茄子の照らす世界から出たと思ったのですが、実は出てはいませんでした。歩んだ距離が意外に少なかったのです。それが「幾程もなき歩み」です。

よく考えてみれば、どうってことのない腐ったトマトがあっただけです。しかし、この人は、どうってことのない腐ったトマトのある世界から出ることはできませんでした。それが、この人の限界です。

腐った真っ赤なトマト、赤茄子にも及ばない卑小な己なのでした。あるがままの自分をとらえようとした歌です。

面白さ 仏教では、仏様の世界を美しく飾ることを荘厳《しょうごん》といいます。**腐った赤茄子によって世界を照らすことは、真逆《まぎゃく》の荘厳**といえます。

こんな人 斎藤茂吉。山形県出身の近代を代表する歌人です。本業は、精神科医でした。明治十五（一八八二）年～昭和二十八（一九五三）年。

赤茄子《あかなす》の腐《くさ》れてゐ《い》たるところより幾程《いくほど》もなき歩みなりけり

斎藤茂吉《さいとうもきち》

21 吉井　勇――かにかくに（下にあるものは下に）

訳 何やかや言っても花街《はなまち》、祇園は恋しいものだ。寝る時も枕の下を水が静かに流れて行く。

鑑賞 枕の下を静かに水が流れるのは、遊びづかれて祇園の座敷で横になっている人の、イメージの中でのできごとです。実際は、近くを流れるか川の静かな流れの音を聞いてのことです。

　しかし、枕の下を静かに水が流れていくという世界はなんと素敵なことでしょう。この人は、おだやかな自然の上で安らいでいるのです。それも祇園という花街の自然の上で。蕩児《とうじ》の名をほしいままにした作者ならではの歌です。

面白さ **この歌は、読者にとても説得力があります。それは、「枕の下を水のながるる」がこの歌の一番下（下の句）に来ているからです。**下を流れるのですから、下に持ってくるのは理にかなっています。

　また、**静かに流れると読めるのは、「流るる」ではなく、「ながるる」とひらがなになっているから**です。ひらがなは優しい感じがします。

こんな人 吉井勇。東京出身の歌人、劇作家。花街をテーマにした耽美的《たんびてき》な作風で知られています。明治十九（一八八六）年～昭和三十五（一九六〇）年。

こんな歌も 勇は恋の歌が巧みでした。

くちづけを七度《ななたび》すればよみがへ《え》る恋と軽んじくちづけをする　勇

かにかくに祇園《ぎおん》はこひ《い》し寐《ぬ》るときも枕《まくら》の下を水のながるる

吉井《よしい》　勇《いさむ》

名句の不思議、楽しさ、面白さ

1 松尾芭蕉――古池や（荘厳〔美しく飾る〕）

訳 古色《こしょく》を帯《お》びた池がある。そこに、蛙の飛び込む音がした。

鑑賞 この句の眼目は、「**水のおと**」です。このなんでもない水の音が、古池に静かに響き、ずっと昔からあった、古色を帯び**静まり返った古池を、荘厳《しょうごん》（美しく飾ること）するのです**。音が絶えた後の、再び静まり返った古池の新鮮さがその結果です。芭蕉は、蛙が飛び込む音という俗《ぞく》なるもので、古池という雅《が》なるものを飾ったのです。【季語・・蛙。季節・・春】

面白さ 「**蛙は何匹か?**」という議論がありますが、ふつう、この句の蛙が何匹か考えて読む人は、**おそらくいないでしょう。なぜなら、この句には「蛙」という字は、一字しかない**からです。一字ならまず一匹をイメージします。

また、この句を声を出して読んでください。「古池や（ふるいけや）」と読み、「古池」をイメージした後で「蛙飛《かわずとび》こむ（かわずとびこむ）」と読みますが、「古池や（ふるいけや）」と読んだ時より**速く読んでいることに気づく**でしょう。蛙が飛びこむ瞬間を実感するときです。

こんな人 松尾芭蕉。伊賀上野《いがうえの》（三重県）出身。文学としての俳諧《はいかい》を打ち立て、旅の中に**真の芸術**を求め続けました。一六四四～一六九四年。

古池《ふるいけ》や蛙飛《かわずとび》こむ水のおと

松尾芭蕉《まつおばしょう》

2 松尾芭蕉――閑さや（両《りょう》掛《が》かり）

訳 しずかさが岩にしみ込んで行くように、岩にしみ込んで行くのだ、蝉の鳴き声が。

鑑賞 書いてある通りにすなおに読みます。

まず上から「閑さや岩にしみ入」と読みます。「ああ、なんというしずかさだ。限りなくしずかさが、固い大きな岩にしみ込んで行く」と。

次に「岩にしみ入蝉の声」と読みます。「そのしずかさがしみ込んだ固い岩に、しみ込んで行くのだ蝉の鳴き声が」となります。

閑さや岩にしみ入蝉の声

①閑さや岩にしみ入

②岩にしみ入蝉の声

と「岩にしみ入」を上と下両方に掛《か》けて読みます。蝉噪《せんそう》蛙鳴《あめい》と言われるように、騒々しいことの代名詞の蝉の鳴き声を持ってきて、蝉の鳴き声が、しずかさの塊《かたまり》になった岩にしみ込んで無となる様《さま》を表現したのです。

蝉の声が固い岩にしみ込んで行くことに違和感を覚えないのは、その前に、「閑さや岩にしみ入」という納得のフレーズがあるからです。これが、俳句的レトリック（言葉の綾《あや》、言い回しなどと言った言葉の仕掛け）です。しずかさの極致を堪能《たんのう》できる俳句です。【季語・蝉。季節・夏】

＊作者については、28頁参照。

閑《しずか》さや岩にしみ入《いる》蝉《せみ》の声

松《まつ》尾《お》芭《ば》蕉《しょう》

3 田捨女——雪の朝（くり返し）

訳 朝起きると雪が降っていた。道には二の字二の字と下駄の跡《あと》が続いていたことだ。

鑑賞 この俳句の面白さは、**雪の朝の光景を、文字の形で表現したところ**にあります。下駄の跡と漢字の二が似ていることを発見したのです。ところが、**下駄の跡は、＝**です。正確には二ではありません。しかし、そう言えば似ているなあ、と読者が面白がるわけです。【季語・・雪。季節・・冬】

近代にもこのような技法を使った俳句があります。川端茅舎《かわばたぼうしゃ》の次の句です。（五四頁参照。）

ぜんまいののの字ばかりの寂光土《じゃっこうど》　**茅舎**

面白さ 「二の字二の字」とありますが、このように**くり返されますと、二がどんどん続いて行くようです**。また、ので つないで行くので、歩いて行くようにも感じられます。

捨女、六歳の句と伝えられますが、自筆句集による『田捨女句集』には収められていません。

ちなみに、本の文字がまだ金属活字だったころ、伏字《ふせじ》は活字をひっくり返して、＝（活字の足）を入れました。これを業界では下駄とよびました。

こんな人 田捨女。丹波《たんば》（兵庫県）出身の俳人。芭蕉も学んだ北村季吟《きぎん》に俳句を学びました。一六三三年〜一六九八年。

雪の朝二《に》の字《じ》二の字の下駄《げた》のあと

田捨女《でんすてじょ》

4 宝井其角――鐘ひとつ（二重の否定）

鐘《かね》ひとつ売れぬ日はなし江戸《えど》の春

宝《たから》井《い》其《き》角《かく》

訳 お寺の鐘が一つも売れない日はない、すばらしい江戸の春であることだ。

鑑賞 本当に毎日鐘が売れなくても、毎日売れるように思わせてしまうのが、**「売れない日はない」という、二重否定をうまく使った、この俳句の力です。**「なになにでないことはない」と、否定に否定をかさねられますと、読者はふつうの判断ができなくなり、結局「全部なになにである」（肯定）ということか、**そういうものかと思わせられてしまうのです。**

そして、最後にダメ押しの「江戸の春」です。春爛漫《はるらんまん》の江戸を意味すると同時に、「江戸の春」の「春」は、「我が世の春」の「春」でもあります。**江戸の繁栄ぶりを描いた俳句です。**【季語：春。季節：春】

面白さ 赤穂《あこう》浪士の討ち入りの前日、其角は、煤払《すすはらい》の竹売りとなった弟子の大高源吾《おおたかげんご》に両国橋《りょうごくばし》で偶然出会いました。そこで、「年《とし》の瀬《せ》や水の流れと人の身《み》は」（五・七・五）と前句を示したところ、源五は「あした待たるゝ《る》その宝船」（七・七）と付けました。（歌舞伎「松浦の太鼓」より）

こんな人 宝井其角。江戸生まれの俳人。芭蕉の優れた弟子です。一六六一年～一七〇七年。

5 森川許六——涼風や（重ね合わせ）

訳 涼しい風が天地を吹き抜け、青田の上の空には白い雲が浮かび、青田には白い雲が映っているのだ。

鑑賞 大きくなった稲の苗が青々としている青田に映った雲を詠《よ》んだだけなのに、不思議な気持ちになります。

それは、「青田の上の空の本当の白い雲」と「青田に張られた水の上に映った白い雲」が、**読む者の頭の中でまざった光景が現われる**からです。

その上と下の雲の両方を包んで涼風が吹き抜けるのです。気持ちの良い句です。【季語・・涼風、青田。季節・・夏】

面白さ この句は、**「青田の上の雲」と「青田の上の雲のかげ」と二通りに読むところに面白さ**があります。

鑑賞のところで述べたように、二通りの読みが頭の中で重ね合わされるのです。

そう読むことによって、よりこの句が面白くなるわけです。

こんな人 森川許六。彦根藩士《ひこねはんし》。元禄《げんろく》五年、芭蕉に入門。許六とは諸芸に通じているという意味で、槍、絵画、漢詩などもよくしました。芭蕉の絵の先生でもありました。一六五六年〜一七一五年。

涼風《すずかぜ》や青田《あおた》の上の雲のかげ

森川許六《もりかわきょりく》

6 池西言水——凩の（生と死）

凩《こがらし》の果《は》てはありけり海の音《おと》

池西言水《いけにしごんすい》

訳 凩にもやはり行き着くところあったんだ。そこは海鳴りの聞こえるところだ。

鑑賞 木枯は、名前の通り、木を枯らさんばかりに吹く冷たい厳しい風です。では、その**木枯は一体どこまで行くのだろう、という疑問に答えた俳句**です。答えは、この句に書かれています。

読者は「凩の果てはありけり」と先ず読みます。そして、「ありけり」の後に目に飛び込んでくる言葉は「海」ですから、「ああ海か」と合点が行くのです。**答えは「海」**です。

木枯は海に出て果てるのです。果てたあとに、木枯の魂を鎮めるかのように海鳴りが聞こえて来るというわけです。【季語・凩。季節・冬】

面白さ この句のこがらしは、「凩」という凧のような漢字が使われています。一方、昭和一九年に作られた山口誓子《やまぐちせいし》の有名なこがらしの句は、

海に出て木枯《こがらし》帰るところなし　誓子

です。それぞれの句のこがらしは、言水は、**糸の切れた凧のような哀れさ、誓子は「枯れること」即ち死に重きを置いた**のかもしれません。

こんな人 池西言水。奈良生まれ。この句が大変有名になり、「凩の言水」と言われたそうです。一六五〇年～一七二二年。

7 服部嵐雪——梅一輪（くり返し）

梅一輪《いちりん》一輪ほどの暖かさ

服部嵐雪《はっとりらんせつ》

訳 梅が一輪一輪咲くたびに一輪分だけ暖かくなって行くようだ

鑑賞 梅が一輪咲くほどの暖かさが、いくつも重なって、一日一日暖かくなっていく感じがでています。

一輪、一輪だから二輪咲いたのではなく、言葉のくり返しは、三輪、四輪……と、**次々咲いて行くように読者に感じさせます。**

そして、単に同じことがくり返されるだけでなく、どんどんとあることが**深まっていく感じを読者に与えます。**この場合は、春が深まって行きます。【季語…梅。季節…春】

面白さ いちりん、いちりんのりんりんという言葉のひびきと、車輪が回り、一歩一歩本当の春に近づいていく感じが、**漢字の字面《じづら》と響きからも感じられます。**

こんな人 服部嵐雪。宝井其角《たからいきかく》と並び、江戸で活躍した、芭蕉の優れた門人です。一六五四年〜一七二三年。

こんな句も 京都へ行くとガイドさんからよく聞くこの句も、嵐雪の句です。

布団《ふとん》着て寝たる姿や東山《ひがしやま》　嵐雪

8 上島鬼貫——行水の（俗と雅）

行水《ぎょうずい》の捨《すて》どころなきむしのこゑ《え》

上島鬼貫《うえじまおにつら》

訳 行水をした水を捨てるのをためらうほど、周りでは秋の虫がよく鳴いているなあ。

鑑賞 この人は、行水（庭などで、たらいで体を洗うこと）を終えて、たらいの湯を庭に捨てようとしました。

しかし、行水をしていた時には気づきませんでしたが、行水をやめ、使った湯を捨てようとした時、庭では秋の虫たちが鳴いていることに気づきました。

そこで、この人は、湯を捨てるのをためらいました。風情ある虫の声の力がそうさせたのです。**「行水」という生活（俗《ぞく》なるもの）のひとこまから「むしのこゑ」を愛でるという風流（雅《が》）なものへの展開が自然になされています。**【季語：むしのこゑ。季節：秋】

面白さ 「捨どころなき」の「なき」は、**「無き」と「鳴き」の掛詞《かけことば》になっています。**

行水の捨所なしむしのこゑ　**鬼貫**

の形の句も伝わっているようですが、これでは「なき」がなくなり、面白くありません。

こんな人 上島鬼貫。「まことの外に俳諧《はいかい》なし」と言って、飾らず、技巧をこらさない、素直な句を大切にしました。「東の芭蕉、西の鬼貫」と言われました。一六六一年～一七三八年。

9 加賀千代女——夕顔や（掛詞）

訳 夕顔の白い花が咲いた。若い女が白い肌を見せて夕涼みをするころに。

鑑賞 おそらく若い女性は、浴衣の胸元《むなもと》をはだけて涼を取っているのでしょう。色っぽい俳句です。

夏の季語「夕顔」には、紫式部《むらさきしきぶ》の『源氏物語《げんじものがたり》』に**登場する光源氏《ひかるげんじ》の恋人の名前が掛《か》けられています。**「夕顔」は、はかない生を終えた女性です。

王朝文学『源氏物語』ゆかりの「夕顔」という言葉によって、この句は、夕涼みとはいえ、若い女性が肌を戸外で見せるという、あまり勧められないことが、雅《みやび》な雰囲気ただよう美しいエロスの世界となりました。【季語：夕顔。季節：夏】

こんな人 加賀千代女。加賀《かが》（石川県）の女流俳人です。一七〇三〜一七七五年。千代女といえば、この句です。

もう一句 **朝顔に釣瓶《つるべ》とられてもらひ水**　**千代女**

朝、水を汲みに井《い》戸にやってきました。しかし、つるべ（井戸水を汲む桶《おけ》）には、朝顔の花が巻き付いていました。この人は、**朝顔の美しさに感動し**、つるべから朝顔を取り払うことができなかったのです。ただ、千代女は「朝顔に」のにが気になったようです。後年「朝がほやつるべとられてもらひ水」に直しています。にでは説明的になるからです。この推敲、読者の皆さんは、どう思われますか。

夕顔《ゆうがお》や女子《おなご》の肌《はだ》の見ゆる時

加賀千代女《かがのちよじょ》

10 横井也有——ゆく春や（ひねり）

訳 今年も春が行ってしまう。桜の花に汚れた荷ない茶屋《ちゃや》*をあとに残して。＊移動式の茶屋。

鑑賞 茶を立てるセットを担いで花見客でにぎわうところに店を出した移動式の荷ない茶屋も、春の終わりとともに、変色した桜の花びらがいくつも貼り付いて汚れてしまっていたのでしょう。**春の終わりの寂《さび》しさを詠《よ》んだ句**です。【季語：ゆく春。季節：春】

面白さ しかし、この**俳句の眼目は、「花によごれし」という表現**です。事実は鑑賞で書いたようなことかもしれませんが、「花によごれし」と書かれていますので、書かれた通りに読むと、面白く鑑賞できます。

「花という美しいものによって汚れている」と、文字通り読むわけです。しかし、これではつじつまが合いません。だが、作者はこう書いているのです。

この**荷ない茶屋の主は、花見を楽しむことなく、花の下で散る花びら浴びながら、働くだけでこの春を終わったのです。**作者はそれを「花によごれし荷ひ茶や」と表現したのです。

そんな荷ない茶屋を残して、楽しいはずの春は行ってしまうのです。

こんな人 横井也有。俳人で、諸芸に通じた趣味人でした。尾張藩士《おわりはんし》。一七〇二～一七八三年。

ゆく春や花によごれし荷《にな》ひ茶《ぢゃ》や

横井也有《よこいやゆう》

11 与謝蕪村――夏河を（別の人になる）

訳 夏の河を渡るのは気持ちがよくて、うれしいな！ 草履を脱いで渡るんだ。

鑑賞 この俳句は書かれた通りです。暑い夏の昼間、冷たい水の流れを裸足で渡るうれしさを詠《よ》んだものです。

しかし、不思議なことに、**うれしさの元、裸足の「足」という言葉が使われていません。**これは、ない方が読者の想像力をかき立てるからです。「手」を書くことで、「足」を思わせるのです。上手ですね。【季語：夏河。季節：夏】

面白さ この句にはもう一つ不思議なことがあります。それは、**「夏川」ではなく「夏河」となっている**ことです。五月雨《さみだれ》（梅雨《つゆ》）の大河の前に肩寄せ合う二軒の家を置いた蕪村の名句

さみだれや大河《たいが》を前に家《いえ》二軒　蕪村

の大河と同じ「河」です。なぜ小川をイメージさせる「川」ではないのでしょう。

それは、この俳句は、小さな子どもの心に寄り添って**（子どもの心になって）作られているからです。**「うれしさよ」というのは、子どもの心そのものです。小さな子にとっては、小川も河なのです。さすが蕪村！

こんな人 与謝蕪村。俳人、画家。摂津《せっつ》（大阪府）出身。一七一六年～一七八三年。

夏河《なつかわ》を越《こ》すうれしさよ手《て》に草履《ぞうり》

与謝蕪村《よさぶそん》

12 夏目成美――白ぼたん（末期の美）

訳 白《はく》ぼたんの花が崩れ散ろうとしていたので、二日間じっと眺めていたことだ。

鑑賞 牡丹《ぼたん》の花は、あたかも崩れるように花弁がばらばらになって一度に散ってしまいます。

生あるものは必ず死に、形あるものは必ず消滅すると言いますが、この句は、白ぼたんの花という**生あるものの尽きる寸前《すんぜん》の美を描いた**ものです。

真白く輝くあでやかな白ぼたんの花は、「二日見る」とありますように、崩れる気配を見せてから、三日後に消滅してしまいました。

この白ぼたんを二日間見ていた人は、二日間息をこらして、**この世の美そのものである末期《まつご》の白ぼたんの花を、見つめていた**のです。

【季語：白ぼたん。季節：夏】

面白さ この句では、**「白牡丹」ではなく、「白ぼたん」になっています。**二つ理由があります。

一つは、ひらがなの持つ白のイメージです。

もう一つは、ひらがなの持つばらばら感です。

こんな人 夏目成美。浅草の札差《ふださし》（金融業者）で、江戸でも有力な俳人でした。小林一茶《こばやしいっさ》の庇護者《ひごしゃ》でもありました。一七四九～一八二三年。

こんな句も ひらがなの中の日の字が良いです。本当に撫子のふしぶしに日が差しているようです。

撫子《なでしこ》のふしぐ《ぶし》にさすゆふ《う》日かな　成美

白《はく》ぼたん崩《くず》れんとして二日見る

夏目成美《なつめせいび》

13 岩間乙二――あぢさゐや（紫陽花）

訳 紫陽花《あじさい》を見ながら飲む昼の酒はきりがないなあ。

鑑賞 昼間から酒を飲むのは、尋常《じんじょう》ではありません。その**尋常でない様子を、紫陽花の花をからめて詠《よ》んでいます。**

紫陽花は、白からしだいに色が変化します。花の名を七変化ともいいます。このように**変化する尋常でない雰囲気を持つ花**なのです。

そのような花を見ながら、自身も顔色をしだいに変えてとめどもなく酒を飲んでいるのです。

「しまひのつかぬ（終わりのない）」という言葉に、この人のどうにもならないやるせなさが、よく表されています。【季語・あぢさゐ。季節・夏】

面白さ 「あぢさゐやしまひのつかぬ」という**くねった形を持つひらがなの連続は、昼酒《ひるざけ》を飲んでいる人の酩酊《めいてい》してゆく様《さま》を表しています。**

身体も足もふらつき、呂律《ろれつ》も回らない感じがしませんか。

こんな人 岩間乙二。陸前《りくぜん》（宮城県）の俳人で、権大僧都《ごんのだいそうず》です。江戸へ出て夏目成美《せいび》などと交わりました。また、蝦夷地《えぞち》（北海道）の箱館（函館）に二度行き、俳諧を指導しました。一七五六～一八二三年。

あぢ《じ》さゐ《い》やしまひ《い》のつかぬ昼の酒

岩間乙二《いわまおつに》

14 小林一茶——痩せ蛙（ひねり）

訳 痩せ蛙よ、負けるな！　一茶がここで応援しているぞ。

鑑賞 痩せ蛙は、「まけるな一茶是にあり」と言われると、回しをした痩せ力士の蛙に変身します。しかし、**なぜ「痩せ蛙」なのでしょう。**実は、それが、俳句特有の**ひねり**なのです。

おお蛙まけるな一茶是にあり

では、句になりません。大蛙と貧相な痩せ蛙が相撲をとれば、体格差で明らかに貧相な痩せ蛙が不利です。だからこそ、一茶は貧相な痩せ蛙に勝たせたいのです。これが、ひねりです。

これは、**弱い者の側に立つ一茶の姿勢であるとともに、俳句を書く場合の一茶の姿勢でもある**のです。

【季語・・蛙。季節・・春】

面白さ 一茶のこの句に似ているものに、**『鳥獣戯《ちょうじゅうぎ》画《が》』**の蛙とうさぎが相撲を取っている場面があります。同じくらいの大きさに描かれていますが、見る者には、実際の大きさの蛙とうさぎの面影《おもかげ》が重なって見えます。

そして、実際は大きなうさぎは、**実際は小さな蛙に負けてしまうのです。これがひねりです。**

こんな人 小林一茶。信濃《しなの》（長野県）出身。貧しい人の立場からの俳句も有名です。一七六三～一八二七年。

痩《や》せ蛙《がえる》まけるな一茶《いっさ》是《これ》にあり

小林一茶《こばやしいっさ》

15 酒井抱一――星一つ（上にあるものは上に）

訳 夜空に星を一つ残して、落ちて行く花火だなあ！

鑑賞 訳のように、とても平易な句です。しかし、平易な中になかなか味わいのある句です。

　この句、**上にあるべき「落つる花火」は下に、下にあるべき「星」は上にあります。**だから、この句を読んだとき、違和感なく、すんなり心に入ってきます。

　夜空に星が一つ輝き、その下には崩《くず》れて落ちて行く大輪の花火のある美しい光景です。星は、花火が光を失ったからこそ、空の天辺《てっぺん》でひと際光り輝くのです。【季語・花火。季節・秋】

面白さ 花火は落ちてすぐに消えてしまいます。ところが、一句に「花火」という言葉がありますので、たとえ「落つる花火かな」と書かれていても、読者の脳裏からまったく「花火」が消え去ることはありません。

　しかし、はっきりと大輪の花火があるわけではありません。**大輪の花火は、面影《おもかげ》として残ることになります。**その結果、大輪の花火の面影と星が重なり、美しい夜空が脳裏に浮かびます。

こんな人 酒井抱一。姫路藩主の弟です。尾形光琳《おがたこうりん》に傾倒《けいとう》した画家であり、俳人です。一七六一～一八二八年。

星一つ残して落《お》つる花火かな

酒井抱一《さかいほういつ》

16 作者不詳――米洗ふ（てにをはだけでなく）

訳 米を洗っていると、私の前を蛍が二つ三つと飛んでいくことだ。

鑑賞 夜中に、外で明日の朝に炊《た》くお米を洗っている人がいます。その目の前を飛び交う蛍が、働く人の目を楽しませています。

そして、**米を洗う人の前を飛び交う蛍の二つ三つの光は、白い米粒の二つぶ三つぶを一瞬美しく浮かび上がらせます。**

蛍の光ごときで米粒が照らされて見えるはずがないと、言わないでください。一瞬見えては消える白い米粒の美しさを、この句が読者に見せてくれるのです。【季語・・蛍。季節・・夏】

面白さ この句、初めは、

米洗ふ前に蛍の二つ三つ

でした。俳人はこの句を、高名な歌人、香川景樹《かがわかげき》に見せにいきました。**景樹は、これはだめだと、「前に」を「前を」に添削《てんさく》したのです。**

「前に」では、前にただいるだけで、止まっていることになります。「前を」にしますと、前を飛んでいることになります。飛んでいる方が、蛍は美しいというわけです。

この句は、小学校の授業では、日本語の「てにをは」の微妙な働きを教えるのによく使われる教材です。江戸時代の終わり頃の俳句です。

米洗《う》ふ前を蛍《ほたる》の二《ふた》つ三《み》つ

作者不詳《さくしゃふしょう》

17 正岡子規――柿くへば（荘厳〔美しく飾る〕）

訳 柿を食べたら鐘が鳴ったのだ。ここ法隆寺では。

鑑賞 この句に対して、**「どうして、柿を食べると鐘がなるのか?」**と言った問いがよくなされます。それにお答えしましょう。

おいしい旬《しゅん》の柿を食べれば至福《しふく》の時がおとずれます。その至福の時を**荘厳《しょうごん》する（美しく飾る）ために鐘が鳴った**のです。その鐘は、ほかでもない、聖徳太子が開いたありがたいお寺、法隆寺の鐘の音だったのです。この句には、充足感があります。心安らかな秋の日の幸せなひとときがあります。【季語：柿。季節：秋】

面白さ ここでは、「荘厳」というとらえ方で、この句を味わいました。

荘厳とは、もともと仏教の言葉で、仏像や仏殿、仏壇《ぶつだん》、仏具《ぶつぐ》などを七宝《しっぽう》で美しく飾り、**仏の世界をおごそかなものにすることです。**

その荘厳を、おごそかさはほどほどにして、**世界を美しく飾るという意味**に広げてみたのです。もちろん仏教的なものから自由になった言葉として使っています。

こんな人 正岡子規。愛媛県松山出身。近代俳句の創始者。写生という文学の方法を実践し、俳句、短歌、散文に大きな影響を与えました。慶応《けいおう》三（一八六七）年〜明治三十五（一九〇二）年。

柿食へ《え》ば鐘《かね》が鳴るなり法隆寺《ほうりゅうじ》

正岡子規《まさおかしき》

18 夏目漱石――菫程な（すらすら読めない）

訳 菫くらいの小さい人に生まれたいものだ。

鑑賞 **ふつうは「菫程の」となるところを、「菫程な」となっています。** 漱石の小品「文鳥《ぶんちょう》」に、文鳥が粟《あわ》粒《つぶ》を食べている時に出す音を「菫ほどな小さい人が、黄金の槌《つち》で瑪瑙《めのう》の碁石《ごいし》でもつづけ様《ざま》に敲《たた》いているような気がする」と書かれています。漱石が俳句と散文で使っているこの「菫程な」は、「菫程なる」の「る」が取れて縮まったものです。意味は「菫ほどである」ですが、今日の「菫ほどの」とほぼ同じでしょう。

この俳句からは、**大きなものほど立派だと思っている、我欲《がよく》に満ちた近代人などごめんだと言っている声が聞こえてきます。** このようなテーマを表現するには、俳句はうってつけの小さな器でした。【季語・・菫。季節・・春】

面白さ 「な」は「の」と変わらないかもしれませんが、現代の**読者は、「菫程な」と言われると、すらすらと読むのをためらいます。** それによって、小さいのが丈《たけ》だけでなく、この世での自分のあり方も含まれるように思えてこないでしょうか。

芭蕉の次の句の近代版と言えます。

山路《やまじ》来て何やらゆかしすみれ草　芭蕉

こんな人 夏目漱石。江戸生まれ。日本近代を代表する小説家で、俳人の正岡子規の友人です。慶応《けいおう》三（一八六七）年～大正五（一九一六）年。

菫程《すみれほど》な小さき人に生《うま》れたし

夏目漱石《なつめそうせき》

19 尾崎放哉——花がいろいろ（ひねり）

訳 花がいろいろ咲いたが、みんな売られてしまうのだ。

鑑賞 五三頁の山頭火《さんとうか》と同じ**自由律の俳句**です。美しく咲いた花は、ふつうなら花入れに活けられ、部屋などに飾られます。

　しかし、俳句ですから、そうはなりません。「みんな売られる」のです。

　美しいが故《ゆえ》に売られるいのちあるもののさびしさが、口語によるリズムに乗って、詠《うた》われています。

【季語・・なし。無季の句です】

面白さ 「花がいろいろ咲いてみんな飾られる」とならず「花がいろいろ咲いてみんな売られる」とするところがひねりです。**ひねることによって、真実が見えてきます。**

こんな人 尾崎放哉。鳥取県で生まれ、東京大学を卒業後、保険会社に就職。最後は、瀬戸内海の小豆島《しょうどじま》で寺男《てらおとこ》として亡《な》くなりました。『層雲《そううん》』主宰《しゅさい》の荻原井泉水《おぎわらせいせんすい》門下。同門の山頭火と双璧をなす自由律の俳人です。明治十八（一八八五）年～大正十五（一九二六）年。

こんな句も 放哉は自由律の名句をいくつも残しました。さびしさがにじみ出ています。

　こんなよい月を一人で見て寝る　放哉

　咳《せき》をしても一人　放哉

花がいろいろ咲いてみんな売られる

尾崎放哉《おざきほうさい》

20 内藤鳴雪——貰ひ来る（俗と雅）

訳 茶碗に入れてもらってくる金魚のあでやかなことよ。

鑑賞 買うことも成らぬ金魚を、思いもかけず貰いました。

金魚鉢《ばち》を持って出かけたのではありません。茶碗というありあわせのいつも使っている**雑器を持って、ほかならない金のつく豪華な美しい魚、金魚をいそいそと貰いに行ったのです。**

俗っぽい器だからこそ、雅《みやび》な魚、金魚がよりあでやかに泳ぐ姿が目に見えます。**俗が雅を引き立てているのです。**

貰った人の金魚へのいとおしさがしのばれる俳句です。【季語・・金魚。季節・・夏】

面白さ 一番下に「金魚かな」と持ってくることによって、小さな茶碗の中ですが、**金魚が広いところで自由に泳いでいるように感じられます。**

それは、「金魚かな」の後には、何もないからです。白紙だからです。

こんな人 内藤鳴雪。正岡子規と同じ愛媛県松山出身です。四十六歳で子規に入門し、子規の日本派の長老として活躍しました。弘化《こうか》四（一八四七）年〜大正十五（一九二六）年。

貰《もら》ひ来《い》る茶碗《ちゃわん》の中の金魚かな

内藤鳴雪《ないとうめいせつ》

21 芥川龍之介——青蛙（ひらがな、カタカナ）

訳 青蛙よ、お前がそんなに艶《つや》やかな青を持つのは、お前もペンキ塗りたてだからか。

鑑賞 「ペンキぬりたて、注意」「ペンキぬりたて、さわるべからず」などの**決まり文句を、一句に取り込んだユーモア句です。**

このきまり文句を、艶やかな青い色を持つ青蛙に、からかって投げかけたのです。

「おのれ」は、ふつう相手を一段低く見た言い方ですが、ここでは、青蛙を眺め、呼び掛けている人の、小さなものに対する親愛の情が感じられます。【季語：青蛙。季節：夏】

面白さ 「青蛙」以外は、かなです。青蛙が、青一色のペンキで塗られているような感じが出ています。ひらがなは、まさに乾いていないペンキといったところです。蛙の句と言えば、一茶《いっさ》の

痩《や》せ蛙まけるな一茶是《これ》にあり　一茶

があります。この句も、一茶の痩せ蛙によせる親愛の情が感じられます。

ちなみに、ルナールの『博物誌』に、「青いとかげ」の題で、「ペンキ塗り立て、ご用心！」があります。

こんな人 芥川龍之介。東京生まれの小説家。作品に「鼻《はな》」「羅生門《らしょうもん》」「地獄変《じごくへん》」「河童《かっぱ》」など。昭和二年、自殺。俳号「餓鬼《がき》」。明治二十五（一八九二）年～昭和二（一九二七）年。

青蛙《あおがえる》おのれもペンキぬりたてか

芥川龍之介《あくたがわりゅうのすけ》

22 芝不器男——永き日の（古典仮名遣いの妙）

訳 日が永くなったある春の日、にわとりが一羽柵を越えてどこかへ行ってしまった。

鑑賞 なにやら与謝《よさ》蕪村《ぶそん》の句を思わせます。

遅き日のつもりて遠き昔かな　蕪村

不器男と蕪村の句に共通するものは、**春のぼんやりとゆっくり過ぎてゆく時間の中に漂《ただよ》う永遠**です。

「長き日」ではなく「永き日」です。

そして、鶏が古典仮名遣いで「にはとり」という**ひらがな表記になっていることで、浮遊感《ふゆうかん》をもたらしています。**飛ぶという言葉がないことで、かえって永遠の中をふわりと柵を越えてどこかへ行ってしまうようにわとりがイメージされるのです。【季語：永き日。季節：春】

面白さ 安西冬衛《あんざいふゆえ》に「春」という短詩があります。

てふてふが一匹韃靼海峡を渡つていつた

蝶が一匹歴史の彼方にある韃靼海峡《だったんかいきょう》という名の海峡を渡って行く幻想的な詩です。

「てふてふ」は「ちょうちょう」と読みます。しかし、**「てふてふ」は、視覚的には「てふてふ」と読みます。**このてふてふがもたらす浮遊感が、この詩の命です。それと同じなのが、この俳句の「にはとり」なのです。

こんな人 芝不器男。愛媛県出身。明治三十六（一九〇三）年～昭和五（一九三〇）年。

永《なが》き日のには《わ》とり柵《さく》を越《こ》えにけり

芝不器男《しばふきお》

23 篠原鳳作——しんしんと（一字を味わう）

訳 しんしんと肺まで海の碧《あお》さに染《そ》まって、しんしんと静かに行く海の旅だなあ。

鑑賞 この俳句の見どころ、味わいどころは、**「あおき」が「青き」とは、なっていないところです。**わざわざ「碧き」となっているところに、この句の美があります。

想像してください。海のあおさに染まった海の空気を吸い込んで、しんしんと肺に海のあおさがしみ込んで行きますが、あおと言えば青です。しかし、この句のあおは「碧」です。**肺が青く染まるのではなく、碧く染まるのです。**

この「碧」は、あおと読みますが、ふつうの青ではないように読者には感じられます。

ふつうの青ではない「碧」は、ふつうの世界とは別の不思議な世界に読者を誘うのです。

そして、読者は、地上を行くふつうの旅とは違う、**大海原を行く不思議な海の旅を、**この句を読むことで**体験します。**【季語・なし。無季句】

面白さ 「しんしん」というオノマトペ（声喩）は、「しんしんと肺碧き」「しんしんと……海のたび」のように両方に掛かります。

こんな人 篠原鳳作。鹿児島県出身の新興俳句（昭和初期のモダニズム俳句）の俳人。明治三十九（一九〇六）年～昭和十一（一九三六）年。

しんしんと肺碧《はいあお》きまで海のたび

篠原鳳作《しのはらほうさく》

24 河東碧梧桐――さくら活けた（いのち）

訳 活けたあと一度は捨てた桜の花屑から、一枝を再び手元に戻したことだ。

鑑賞 生け花に使わなかった花の中からこの人は、一枝拾い上げました。**花屑は、屑でも美しいのです。その美しさは、その花屑の宿《やど》したいのちの輝きです。**

句碑が、愛媛県松山市役所の前の御堀端にあります。碧梧桐の魅力的な字です。句碑は、もとは松山刑務所内に、情操教育のために建てられたものだそうです。

面白さ なぜ桜が漢字でなく「さくら」とひらがなで書かれているのでしょう。

それは、漢字にすると、桜の花よりも桜の木をまずイメージさせてしまうからです。

「さくら」は、花びらを思わせ、優しい感じがします。

「さくら」を「桜」にしてみました。どうでしょうか。比べてみてください。

桜活けた花屑の中から一枝拾ふ

岩波文庫の『碧梧桐俳句集』はこの形です。

こんな人 河東碧梧桐。俳人、書家。愛媛県松山出身。正岡子規の優れた弟子です。新傾向俳句《しんけいこうはいく》を唱え、俳句の革新に邁進《まいしん》しました。明治六（一八七三）年〜昭和十二（一九三七）年。

さくら活《い》けた花屑《はなくず》の中から一枝拾ふ《ひとえだひろう》

河東碧梧桐《かわひがしへきごとう》

25

村上鬼城——ゆさゆさと（いのち）

訳 ゆさゆさと大枝が揺れている見事な桜であることだ。

鑑賞 訳のようにただこれだけのことです。しかし、この俳句は読む者に桜の大枝が、ゆったりと大きく揺れている様子がまざまざと迫ってきます。なぜでしょう。

それは、桜の大枝が、風でゆさゆさと揺れているのではなく、**この句の中では、この大枝が自分でゆさゆさと揺れているように感じられる**からです。

ではこの大枝のゆさゆさは一体何でしょう。**それは、この桜の木のいのちの現れなのです。**

大きな枝いっぱいに桜の花を咲かせて、大きく枝を揺すって、今、桜の木は生きていることを示しています。【季語・・桜。季節・・春】

面白さ **俳句という短い詩だから、このように読めます。**

普通なら、「風にゆさゆさと大枝ゆるる」の「風に」が省略されたものとして読みます。

しかし、省略されたことを逆手に取って、このように深く、面白く読むことができます。

こんな人 村上鬼城。群馬県高崎にあって、大正時代に、高浜虚子《たかはまきょし》が主宰《しゅさい》した俳句結社《はいくけっしゃ》『ホトトギス』で活躍しました。慶応《けいおう》元（一八六五）年～昭和十三（一九三八）年。

ゆさ〳〵《ゆさ》と大枝《おおえだ》ゆるゝ《る》桜かな

村上鬼城《むらかみきじょう》

26 種田山頭火――分け入っても（「ても」の働き）

訳 分け入っても分け入っても、青々とした夏の深い山を抜けることができないなあ。

鑑賞 五七五にとらわれない、**自由律の俳句です。**口語的な文体とリズムを持っています。

では、鑑賞です。

青い山は、本来、若葉が繁る青々としたみずみずしい美しい山です。その山の中に分け入れば、幸福感につつまれるはずです。

しかし、**分け入っても分け入っても**と言われると、**読者には、そのみずみずしい美しさが、この人の重荷になっているように思えてきます。**

理想が重荷になると言ってしまえば、それまでですが、読者の皆さんは、この句を何度も読んで、青い山に分け入っていく自分を体験してください。【季語：青い山。季節：夏】

面白さ ～ても～ても、のくり返しのあとには、余り肯定的でないことがきます。

しかし、この句では、「青い山」という美しいものがきます。

そうすると、**「青い山」の肯定的な意味付けがゆらぎます。ここがこの句の眼目です。**

こんな人 種田山頭火。山口県出身。出家し、托鉢《たくはつ》しながら自由律俳句を作り続けました。明治十五（一八八二）年～昭和十五（一九四〇）年。

分《わ》け入《い》っても分け入っても青い山

種田山頭火《たねださんとうか》

27 川端茅舎――ぜんまいの（ひらがなへのこだわり）

訳 一面、のの字の形をしたぜんまいの若葉だ。すばらしい。これはもうありがたい仏様の世界、浄土だ。

鑑賞 くるくると巻いた**ぜんまいの若葉の形が、ひらがなの「ののの」に見立てられています。**

これはこれで面白いですが、「のの字」に見立てられていることを発見するだけでは、この句を読んだことになりません。

「ぜんまいののの字ばかり」の野原ですが、それは同時に「のの字ばかりの寂光土」でもあるのです。「のの字」の**「のの」はいうまでもなく、「のの様（仏様）」**の**「のの」です。**

春の訪れを寿《ことほ》ぐように萌《も》え出《い》づるぜんまいの野が、そのまま仏の住まう浄土《じょうど》、寂光土になるのです。ありがたい句です。【季語・ぜんまい。季節・春】

面白さ この句では、ぜんまいの若葉の巻いた形をひらがなの「の」で表わしました。次の芳野ヒロユキの句はどうでしょう。

伊勢海老《いせえび》でええかええんかええのんか　ヒロユキ

「え」が伊勢海老に見えてきませんか。

こんな人 川端茅舎。高浜虚子の弟子。代表句「金剛《こんごう》の露ひとつぶや石の上」にも見られるように、浄《きよ》められた世界への憧憬《しょうけい》があります。明治三十（一八九七）年～昭和十六（一九四一）年。

ぜんまいののの字ばかりの寂光土《じゃっこうど》

川端茅舎《かわばたぼうしゃ》

28

久保より江——冬ざれの（荘厳〔美しく飾る〕）

訳 冬枯れの荒涼とした野に咲く薔薇を摘んで、わたくしの誕生日を美しく飾りましょう。

鑑賞 冬ざれのさびしい野に薔薇が咲き、冬ざれの野を美しく飾っています。

その**冬ざれの野の薔薇を摘んで、同じように冬ざれのこのさびしい「わたくしの誕生日」を、華《はな》やかに美しく飾りましょう（荘厳《しょうごん》しましょう）**というのです。

つつましやかに、しかし、清らかに誕生日を祝おうとする「わたくし」がいます。【季語：冬ざれ。季節：冬】

こんな人 久保より江。ホトトギス同人。明治十七（一八八四）年～昭和十六（一九四一）年。より江は、猫が好きな俳人だったそうです。

こんな句も

ねこの眼《め》に海の色ある小春《こはる》かな　より江

などの句があります。

冬の初めというのにほっとする暖かさを感じる小《こ》春《はる》のある日のことです。ふとかたわらの猫の眼を見ますと、青く澄んだ海の色が広がっていました。

この人には、それが、猫の澄んだこころの色のように見えたのです。気持ちの安らぐひと時でした。

小春は冬の季語で、旧暦の十月のことです。

冬ざれの薔薇《ばら》摘《つ》んでわが誕生日

久《く》保《ぼ》より江《え》

29 高篤三――双六の（裏がえす）

双六《すごろく》の上《あが》りそびれしかなしさよ

高《こう》篤三《とくぞう》

訳 双六というものは、上がりそこなうと悲しいものだ。

鑑賞 **この俳句の味噌《みそ》は、「双六に」ではなく、「双六の」となっているところです。**

では、違いはなんでしょう。それは、「双六に」にすると、「上りそびれし」に掛《か》かることになり、この人の個人的体験に終わってしまいます。それが、「双六の」にすると、「かなしさよ」に掛かることになります。この人の**個人的体験を越えて、双六というものの悲しさを表現**することになります。

双六は、上がる上がらないをサイコロの目にまかせるところに面白さがありますが、裏を返せば、自分を越えた運に支配された世界です。

それが、上がれなかった時に露《あら》わになります。露わになった時、双六というものが持つ遊技の悲しみの本質が現れます。**遊技の面白さを裏がえして見せた句です。**【季語・・双六。季節・・冬】

こんな人 高篤三。東京の浅草生れの俳人、詩人。東京大空襲《とうきょうだいくうしゅう》で亡《な》くなりました。明治三十四（一九〇一）年～昭和二〇（一九四五）年。

こんな句も 浅草は今夜、十五夜より二日虧《か》けた十三夜《じゅうさんや》です。わずかな淋《さび》しさが吹いています。

浅草は風の中なる十三夜　篤三

30 杉田久女——花衣（一語へのこだわり）

花衣《はなごろも》ぬぐやまつはる紐《ひも》いろ〳〵《いろ》

杉田久女《すぎたひさじょ》

訳 花見の晴着《はれぎ》をぬぐ時には、なんと色々の紐が私にまつわりつくことだろう。

鑑賞 この俳句は、多くは花見を終え、晴着をぬぐ女性の妖艶《ようえん》さ（エロス）を描いたものとして読まれます。はたしてそうでしょうか。

この句で**注目しなければならないのは、「まつはる」**です。「まつはる」という言葉は、マイナスのイメージを持っています。何かが自分にまつわりつくことは、うっとおしいものです。うっとおしいものは、はねのけたいものです。

この晴着を脱ごうとしている女性もそうです。晴着という美しいものを纏《まと》うためには、うっとおしい色とりどりの多くの紐に縛られなければなりません。**「花衣」は、この女性にとっては、ぬぎすてたい重荷なのです。**しかし、脱ごうとすればするほど、色とりどりの紐が、からまってくるのです。**美しいものは、女の生にまつわりつくものでありました。**

【季語‥花衣。季節‥春】

こんな人 杉田久女。高浜虚子の門人です。後、破門《はもん》されました。明治二十三（一八九〇）年～昭和二十一（一九四六）年。

こんな句も 久女は、日本の近代を生きる知性ある女性でした。そうした女性の葛藤《かっとう》の句です。

足袋《たび》つぐやノラともならず教師妻《きょうしづま》　久女

31 渡辺水巴——さゞ波は（ひらがな）

訳 春の風が吹いて来てさざ波が立ちました。それは、春立つ日を寿《ことほ》ぐ曲の楽譜《がくふ》を広げたようでした。

鑑賞 さざ波が、さっーと立ちました。今日は立春《りっしゅん》、春風がそのさざ波を立たせたのです。

さざ波は静かに広がって行きます。春立つ日を寿ぐ曲の楽譜を広げるかのように。

そして、それは、春の気配をさーっと広げました。希望の春の訪れです。**「さゞ波」「ひろげたり」と表記の妙《みょう》が発揮《はっき》された俳句です。**以下、面白さ参照。【季語：立春。季節：春】

面白さ 「漣」という漢字を使わずに「さゞ波」となっています。「広げたり」と漢字を使わずに「ひろげたり」とひらがなになっているところが何とも憎いところです。

両方ともひらがなが使われているのは、波の感じを出すためです。

こんな人 渡辺水巴。東京出身。大正時代初期に、ホトトギス派の俳人として活躍。明治十五（一八八二）年～昭和二十一（一九四六）年。

こんな句も いのちのやすらぎを描きました。「団栗《どんぐり》」は、次へいのちをつなぐための、いのちそのものです。

団栗の己《おの》が落葉に埋《うも》れけり　水巴

さゞ《ざ》波は立春《りっしゅん》の譜《ふ》をひろげたり

渡辺水巴《わたなべすいは》

32 高浜虚子——桐一葉（上にあるものは上に）

訳 桐の葉が一葉、日に当たりながら落ちて行ったことだ。

鑑賞 大きな桐の葉が一枚、秋の日を浴びて光りながらゆっくりと落ちて行きます。

しかし、その桐の葉の輝きは、秋の日に照り映えているだけではありません。**桐の葉のいのちの輝きでもある**のです。

輝きながら、いのちを全うするのです。それが、この句の美しさの源です。【季語：桐一葉。季節：秋】

面白さ **桐の葉が一葉、上から下へと落ちていく様《さま》をとらえた句です。ですから、桐一葉は上にあるのです。**そのため、読者はリアルに無理なくこの句を鑑賞することができます。

次の一茶の句も、名月は一番上にあります。

名月を取つてくれろとなく子かな　一茶

こんな人 高浜虚子。愛媛県松山出身の俳人、小説家です。正岡子規の高弟で、俳句結社『ホトトギス』を主宰した近代俳句の大御所です。明治七（一八七四）年～昭和三十四（一九五九）年。

こんな句も 竹の葉は、秋は青々し、春に黄ばみますので、「竹の春」は秋、「竹の秋」は春の季語です。でも、文字通りに①は春、②は秋に見えませんか。

① **一むらの竹の春ある山家《やまが》かな　虚子**

② **こゝ《こ》にある離宮裏門竹の秋　虚子**

桐《きり》一《ひと》葉《は》日当《あた》りながら落ちにけり

高浜虚子《たかはまきよし》

33 原 石鼎――青天や（対比）

訳 抜けるような青空に、真っ白な五つの花びらの梨の花が映えて、美しいことだ。

鑑賞 **青と白の鮮《あざ》やかな対比**を背景に、同じ五弁の桜の花に負けない、梨の花の気高さが輝いています。

「桜」という華《はな》やかな言葉に対して、「梨」という華やかさに欠けた言葉を持ってきて、このような堅固な美の世界を作り出した石鼎は、さすがです。

もちろん梨には桜（書かれてはいませんが）が対比されています。【季語・梨の花。季節・春】

面白さ 「青天」を一番上に持ってきたところがよいです。**天は一番上がふさわしいからです。**

こんな人 原石鼎。島根県出身で、やさしい表現でありながら、味わい深い俳句を作りました。明治十九（一八八六）年〜昭和二十六（一九五一）年。

こんな句も 頂上《ちょうじょう》に到《いた》れば、そこではとりわけ野菊が風に吹かれ美しく揺《ゆ》れていました。

頂上や殊《こと》に野菊の吹かれ居《お》り　石鼎

美しい野菊を見た人の「殊に」という**野菊への思い入れによって、野菊は、かすかに清楚《せいそ》な人の気配を立ち上がらせます。**それが、この句の眼目です。

「梨の花」の句も同じように読むことができます。

美しい梨の花を見た人の、「の花」という梨への思いがこもった言葉よって、梨は白く気高い人の気配をそこはかとなく立ち上がらせるのです。

青天《せいてん》や白き五弁《ごべん》の梨《なし》の花

原《はら》石鼎《せきてい》

34 鈴木しづ子——コスモスなど（擬人法〈活喩〉）

コスモスなどやさしく吹《ふ》けば死ねないよ　鈴木《すずき》しづ子《こ》

訳 コスモスなんかに優《やさ》しく息を吹きかけたら、もう死ねないよ。

鑑賞 コスモスは美しい花ですが、バラなどと違って、**どうってことのない花です。**そんなどうってことのない花に優しく息を吹きかけたら、「私はもう死ねないよ」と、女の人は言います。なぜでしょう。それは、**彼女に優しく息を吹きかけられたコスモスの花が揺れ、心あるものとなる**からです。彼女は、かすかに揺れたコスモスの花が、揺れて優しく愛らしく彼女に応えてくれたのを見たのです。**孤独な、どうってことのない彼女をコスモスは救います。**

こんな人 鈴木しづ子は、大正八（一九一九年）年、東京に生れます。彼女は、婚約者を戦争で失います。そして、終戦後、ダンサーとして働き、恋人のアメリカ兵と暮らしていました。その彼もじきに亡くなり、彼女は、その後すぐに失踪しました（昭和二十七（一九五二）年）。こんな中で、彼女は、斬新で、官能的で、素敵な俳句を数多く作りました。

こんな句も 男に、衿足《えりあし》にある黒子《ほくろ》を見つけられました。

あきのあめ衿の黒子をいは《わ》れけり　しづ子

言われた女は、身体全体を見られてしまったかのように思ったのです。さびしい秋の長雨が降り続くもの憂い日のことでした。官能的な句です。

35 前田普羅――うしろより（初もの）

訳 私の背後《はいご》から初雪が降ってくる。夜の街を歩いていると。

鑑賞 **清らかな汚《けが》れのない初雪は、人の目に触れずに、うしろから降るのです。**

漢字は最低限にしてあります。そして、「うしろより」と「ふれり」と「の」のひらがなの効果で、白い雪の降ってくる様子を目に見えるように表しています。【季語・・初雪。季節・・冬】

面白さ **俳句は初《はつ》ものが大好きです。**この場合の「初もの」とは、汚《けが》れの無いまっさらな状態や物を指します。たとえは、初しぐれに小さな無垢《むく》の猿を配した松尾芭蕉の

初《はつ》しぐれ猿も小蓑《こみの》をほしげなり　**芭蕉**

や、初蝶《はつちょう》の黄《き》が美しく輝いて見える高浜虚子の

初蝶来何色と問ふ《う》黄と答ふ《う》　**虚子**

三十歳になった自分の袖・袂から生れ出たように思った初蝶を見て、真剣に人生を生き直そうとする三十男を詠《よ》んだ石田波郷の

初蝶やわが三十の袖袂《そでたもと》　**波郷**

など、枚挙《まいきょ》にいとまがありません。

こんな人 前田普羅。東京出身です。大正時代の『ホトトギス』（高浜虚子が主宰する俳句の結社）を代表する俳人の一人です。明治十七年（一八八四）～昭和二十九（一九五四年）。

うしろより初雪《はつゆき》ふれり夜の街《まち》

前田普羅《まえだふら》

36 高橋淡路女――緋桃見る（近景―遠景）

訳 緋桃の濃《こ》い紅色《べにいろ》の花を見ていると、わたしの青春も遠くへ去って行ってしまったなあ、としみじみ思われるのだ。

鑑賞 緋桃の濃い紅色の花が、密集して燃え立つように咲いています。

その緋桃の花は、見る者に**青春の熱き思いを一瞬搔《か》き立てます。**

しかし、搔き立てられた一瞬の熱き思いは、却《かえ》って自らの青春が今や遠くへ去ってしまったことを思い知らされるのです。**麗《うるわ》しのわが青春への挽歌《ばんか》です。**

【季語・・緋桃。季節・・春】

面白さ この俳句は、**近くの緋桃と遠くの青春という、時間、空間にとらわれない近景《きんけい》―遠景《えんけい》からなっています。**

そして、近景―遠景の遠近法は、句に奥行きをもたらします。

また、**緋桃の緋色と青春の青の対比**が、テーマにふさわしい美しい世界を出現させています。

こんな人 高橋淡路女。神戸出身。高浜虚子が主宰する『ホトトギス』で活躍し、大正十四（一九二五）年、『雲母《うんも》』主宰の飯田蛇笏《だこつ》に師事《しじ》しました。俳号は淡路島から。明治二十三（一八九〇）年～昭和三十（一九五五）年。

緋桃《ひもも》見るわが青春は遠く去《さ》り

高橋淡路女《たかはしあわじじょ》

37 松本たかし——ひく波の（両掛かり）

訳 砂浜の波が引いた跡は美しいなあ。しかも、美しい桜貝の貝殻も打ち寄せられている。

鑑賞 砂浜を、波が美しい跡を残して引いて行きました。その美しい跡に残された桜貝。そのなんと美しいことでしょう。

といった、**岸辺のなんてことのない出来事に美を見出した俳句です。**

この句は、**「ひく波」と、引くが、ひらがなになっているところが、味噌《みそ》です。**「引く波」ではいけません。引いたあとの美しく清らかな砂浜が、「ひく」というひらがなに見えてくるようです。【季語：桜貝。季節：春】

面白さ **この句は、「ひく波の跡美しや」と「美しや桜貝」と、「美しや」を上と下に掛《か》けて読みます。**

まず、波が引いた跡の浄《きよ》められたかのように美しい砂浜が現れます。そして、その浄められたかのように美しい砂浜の上に、残された一つの美しい桜貝を発見するのです。

まさに、美の上に美が重なる、美の二乗のような俳句です。

こんな人 松本たかし。東京の能役者《のうやくしゃ》の家に生まれました。平易な言葉で美しい俳句を作りました。明治三十九（一九〇六）年～昭和三十一（一九五六）年。

ひく波の跡《あと》美しや桜貝《さくらがい》

松本《まつもと》たかし

38 日野草城——やはらかき（ひらがな）

訳 やわらかいものは唇《くちびる》だ。しかし、それは、梅雨《つゆ》のころの暗さ、五月闇のようだ。

鑑賞 **ひらがなのやわらかい感じがうまく使われた俳句です。**字面《じづら》を見るだけで唇のやわらかさが感じられます。古典仮名遣いの「やはらかき」がこれまたうまく効いています。

やわらかさは、心地よいものです。
ところがです。この心地よいはずのやわらかい唇の感触は、闇だというのです。
梅雨（五月雨《さみだれ》）の厚い雨雲が世界を覆っています。世界は闇の中にあります。その**闇の向うに女性の真っ赤な唇が浮かんでいます。**蠱惑的《こわくてき》にねっとりと。

【季語：五月闇。季節：夏】

面白さ 言い忘れました。どこにも、キス（接吻《せっぷん》）などと、書いてありませんが、これは**もちろんキスの俳句です。**キスなどと直接的な言葉がない方が、味わい深いです。

こんな人 日野草城。東京出身。昭和初期の新興俳句の推進者。モダンな抒情が漂《ただよ》う俳句を作りました。明治三十四（一九〇一）年～昭和三十一（一九五六）年。

こんな句も 紅茶とコーヒーの素敵な句です。

秋の夜や紅茶をくゞ《ぐ》る銀の匙《さじ》　草城
珈琲《コーヒー》や夏のゆふぐれながかりき　草城

やは《わ》らかきものはくちびる五月闇《さつきやみ》

日野草城《ひのそうじょう》

39 飯田蛇笏——戦死報（一語へのこだわり）

戦死報《せんしほう》秋の日暮《く》れてきたりけり

飯田蛇笏《いいだだこつ》

訳 戦死の知らせが、秋の日が暮れてついにやってきた。

鑑賞 秋の日がさびしく暮れてあたりが暗くなってきました。すると、その暗さとともに愛するわが子の戦死報がやってきたのです。

「届きけり」ではなく、「きたりけり」となっているところがこの句の見どころです。

「きたりけり」と書かれますと、「戦死報」だけが秋の日暮の中を、どこからともなくやってきたように感じられます。**戦死報が運命のようにやってきたのです。**この人は、「きたりけり」と、言い切ることで、その運命を受け入れたのでした。【季語：秋の日。季節：秋】

こんな人 飯田蛇笏。山梨県に住み全国的な結社『雲母《うんも》』を指導しました。明治十八（一八八五）年～昭和三十七（一九六二）年。

蛇笏には四人の男の子がいました。次男数馬《かずま》氏は、昭和十六年に病死。長男聡一郎《そういちろう》（鵬生《ほうせい》）氏は、昭和十九年にレイテ島で戦死。三男麗三《れいぞう》氏は、昭和二十一年に外蒙古《そともうこ》で戦病死。この句は、昭和二十二年に長男聡一郎氏の戦死公報が届いた時のものです。なお、四男は俳人の飯田龍太《りゅうた》氏です。本書は、俳句を伝記的に読まないのですが、この句だけは背景を紹介しました。

40

西東三鬼――水枕（オノマトペ〔声喩〕）

訳 寝返りを打ったら水枕がガバリと鳴った。そうしたら、ガバリと寒い海が現れた。

鑑賞 この句の「ガバリ」は、「水枕ガバリと」と「ガバリと寒い海がある」のように、上の言葉と下の言葉の両方に掛《か》けて読みます。

病気で寝ている人の水枕が、その人が動くことでガバリと音を立てました。そうしたらそこに、「ガバリと寒い海」が現れます。死への恐怖が寒い海となって人物を襲うのです。

そして、この場合の「ガバリ」は、不気味な波の音を連想させ、リアルに読者に迫ります。【季語：寒い海。季節：冬】

面白さ 句の途中に来るオノマトペの面白いところは、「水枕」の句で見たように、読みようによっては、上と下の両方に掛かることです。

次の日野草城《ひのそうじょう》の句も同じです。春先の大事な試験の日の空は、青々と晴れ渡った良い日でした。その試験も青々ときれいさっぱり終わったのです。

大試験《だいしけん》空あをく《おあお》と果《は》てにける 草城

こんな人 西東三鬼。戦前の新興俳句（モダニズム俳句）の中心作家の一人として活躍しました。昭和十五年、治安維持法《ちあんいじほう》違反で検挙され、執筆活動停止になりました。明治三十三（一九〇〇）年～昭和三十七（一九六二）年。

水枕《みずまくら》ガバリと寒い海がある

西東三鬼《さいとうさんき》

41 西東三鬼——広島や（いのち）

訳 ここは広島！　卵を食べる時は、ただ口をぽっかりひらくだけ。

鑑賞 広島の惨状《さんじょう》を前にした、この人物のぽっかりと開いた口の中に、**死んだばかりのいのち、ゆで卵**が飲み込まれようとしています。そこが広島であるということ以外に、なんの意味づけもされずに。「口」という漢字と「ひらく」というひらがな表記による**「口ひらく」が、空虚な感じを読者に与えます。**

広島をテーマにした俳句の傑作です。

もともと無機的な戦争の極限である原爆投下ですから、当然無季句です。【季語：なし。無季句】

面白さ 新俳句人連盟機関雑誌『俳句人』昭和二十二（一九四七）年五月号に発表された時は、

広島や物を食ふ時口ひらく　三鬼

でした。三鬼が「物」を「卵」に変えた理由は、おわかりでしょう。

三鬼は、昭和二十一年七月、広島に立ち寄りました。年譜には「夏、広島に行き原爆の惨状を見る」とあります。

こんな人 西東三鬼。岡山県津山出身。戦後は、現代俳句協会設立や、山口誓子《せいし》を擁《よう》して俳誌『天狼《てんろう》』を創刊するなど活躍しました。

広島や卵食《く》ふ《う》時口ひらく

西東三鬼《さいとうさんき》

42 富澤赤黄男——南国の（この）

訳 南国のこの早熟の青い貝よ。おまえは美しい！

鑑賞 **すべての言葉がうまくつながっています。そのため読者に無理なく受け入れられます。**

南国は当然暖かいです。暖かいから早く成長します。

その早く成長した青い貝は、青二才《あおにさい》などに使われる青、すなわち未熟の意味もった青を頭に付けた青い貝なのです。早熟な未熟な青い貝というわけです。しかし、青いがゆえに美しいのです。

その早熟な未熟な青い貝を身近なもの、「この早熟の青貝」としてこの人は愛します。**早熟ゆえに未熟さを残したこの愛らしい青い美しい貝を愛《め》でるのです。**

精神的に不安定な時である青春の美しさが情感を込めて描かれています。**南国とは、青春のことかもしれません。**【季語…なし。無季句】

面白さ このがあのだったらどうでしょう。

南国のあの早熟の青貝よ

読者はこの句を身近に感じないでしょう。このは、読者を引き付ける方法でもあるのです。

こんな人 富澤赤黄男。愛媛県出身で、モダニズム俳句を推《お》し進めた俳人です。明治三十五（一九〇二）年～昭和三十七（一九六二）年。

南国のこの早熟《そうじゅく》の青貝《あおがい》よ

富澤赤黄男《とみざわかきお》

43

久保田万太郎——湯豆腐や（ひらがな）

訳 湯豆腐を食べていると、いのちが果てた後のあの世の薄明《うすあ》かりが、湯気《ゆげ》の向こうに見えるなあ。

鑑賞 寒い冬の夜に、暖かい湯豆腐を食べると身もこころも生き返ったようになるのが普通です。

　しかし、この人は、反対に湯豆腐を食べている時、盛んに立ち上る湯気の向うに見えたぼんやりした明かりに、命が果てたあとに行かねばならないあの世を見たのです。

　あわただしく過ぎる日常生活の合間の、何か**ほっとした刹那《せつな》にふっと沸《わ》き起こる生への不安**が、一句の読みどころです。【季語…湯豆腐。季節…冬】

面白さ 「湯豆腐や」の「や」から「うすあかり」まで、すべてひらがなです。このひらがなは、湯気そのものなのです。ひらがなの形が立ち上る湯気に見えてきませんか。

湯豆腐やいのちのはてのうすあかり　**万太郎**

（湯気をひらがなで表している）

　その一本のひらがなでできた湯気が、幽界《ゆうかい》（あの世）と顕界《けんかい》（この世）の境にもやもやとあるのです。

　文字の形が、物の形を表している句です。

こんな人 久保田万太郎。東京浅草生まれ。小説家、劇作家。文人俳句の作家。明治二十二（一八八九）年～昭和三十八（一九六三）年。

湯豆腐やいのちのはてのうすあかり

久保田万太郎《くぼたまんたろう》

44 橋本多佳子——雄鹿の（作者と句の中の人物）

訳 雄鹿の前でわたくしも、思わず、雄鹿のようにあらあらしい息づかいをしてしまったことだ。

鑑賞 俳句の下に橋本多佳子とありますから、読者は、作者の橋本多佳子はかなり性的に大胆な人だと思うでしょう。

しかし、**雌鹿《めじか》を求める雄鹿の前に立つ「吾（われ＝わたくし）」は、作者の多佳子が作り立たせた女性であり、多佳子自身ではありません。**

多佳子は、雌を求めて荒々しい息をする雄鹿の前に立たせた「吾（女性）」にも、あらあらしい息をさせることで、女性の深奥から湧きおこるエロス（性愛）の姿を描いたのです。【季語・・雄鹿。季節・・秋】

面白さ **この句には、実は女性らしさが表現されています。**

それは、「吾」の息する様子が、「あらあらしき息す」と、ひらがなで書かれていることです。

「荒々しき息す」では、雄鹿の息と同じになってしまいます。優しい荒々しさなのです。

ここが多佳子のすごいところです。

こんな人 橋本多佳子。東京出身。山口誓子に師事し、戦後は俳壇のスターに。多佳子は美しかったとは、わが師、小川双々子《おがわそうそうし》の言です。明治三十二（一八九九）年〜昭和三八（一九六三）年。

雄鹿《おじか》の前吾《まえわれ》もあらあらしき息《いき》す

橋本多佳子《はしもとたかこ》

45 松根東洋城——金銀瑠璃硨磲（漢字へのこだわり）

金《きん》銀《ぎん》瑠璃《るり》硨磲《しゃこ》瑪瑙《めのう》琥珀《こはく》葡萄《ぶどう》かな

松根東洋城《まつねとうようじょう》

訳 金・銀・瑠璃・硨磲・瑪瑙・琥珀に葡萄を供え、この七宝《しっぽう》で貴い仏塔を造ろう。

鑑賞 一番上の「金」の字の「人」が、屋根に見えませんか。**この句は金の字を天辺《てっぺん》に戴《いただ》いた金殿玉楼《きんでんぎょくろう》ならぬ、七宝を意味する様々な漢字によって造られた七重の仏塔《ぶっとう》なのです。**

塔は、最上層の七層目が金、六層目が銀、五層目が瑠璃、四層目が硨磲（シャコ貝）、三層目が瑪瑙、二層目が琥珀ですが、一層目が珊瑚などの宝石ではなく、葡萄です。

この**「葡萄」は、季節のお供《そな》えもの（季語）です。**葡萄は、一粒一粒宝石のように美しく、文字の造りも、堅固です。しかも異国のものです。一層目として問題はありません。どうか漢字の仏塔の美しさを味わってください。【季語・葡萄。季節・秋】

面白さ 句の最後はひらがな「かな」です。塔の下には、**仏舎利《ぶっしゃり》**（仏様のお骨）が収められていますので、それかもしれません。ひらがなには白のイメージがありますから。

こんな人 松根東洋城。宮内省《くないしょう》時代、大正天皇から俳句とはどういうものかと聞かれて、「渋柿《しぶがき》のごときものにては候《そうら》へど」と答えた話は、有名です。東京出身。明治十一年（一八七八）～昭和三十九年（一九六四）年。

46 木下夕爾――鐘の音を（音のくり返し）

訳 まだ響いている鐘の音を追うように次の鐘の音が響いてくる春ののどかな昼だなあ。

鑑賞 鐘の音だけが春の陽気の中をのどかに響いて行きます。それも、**先の鐘の音が終わらぬうちに、また次の鐘の音が追って来るのです。**

遠くの方から遠くの方へやわらかい鐘の音が響いて行きます。

眠くなるようなうららかな春の昼がここにあります。

面白さ この句は、含まれている音が面白い効果を上げています。まず、**「ね」の音を内に二つ持つ、「鐘の音」がくり返されています。**それが、あたかも鐘の音のように感じられます。

かねのねをおうかねのねよはるのひる

そして、「はるのひる」と続く「る」の音のくり返しがのどかさを加えています。

こんな人 木下夕爾。広島県福山出身の詩人、俳人です。久保田万太郎の俳誌『春燈《しゅんとう》』同人。俳誌『春雷《しゅんらい》』を創刊し、主宰。詩集『生まれた家』、句集『遠雷』などがあります。大正三（一九一四）年～昭和四十（一九六五）年。

こんな句も 美しいものに、どこまでもさえぎられています。甘美な悲しさがここには、あります。

別れ来しコスモスの柵長かりし

鐘《かね》の音《ね》を追《お》ふ《う》鐘の音よ春《はる》の昼《ひる》

木下夕爾《きのしたゆうじ》

47 小川双々子――倒れて咲く（くり返し）

訳 倒れても咲いている野菊を一生懸命《いっしょうけんめい》励まし、日が当たっていることだ。

鑑賞 **「野菊よ野菊よ」のくり返しは、太陽（日）が**暖かな光を限りなく投げかけ、「野菊よ立ちなさい、野菊よ立ちなさい」と**いつまでも野菊を励ましていることを表現しています。**

そこには、倒れても咲いている野菊に、なおも命の輝きを失わない姿を見て感動している人がいます。【季語・・野菊。季節・・秋】

面白さ **「野菊よ野菊よ」という呼びかけの言葉によって、日が擬人化《ぎじんか》されています。**日が「野菊よ野菊よ」と呼び掛《か》けているのです。

そのように呼び掛けられることによって野菊もまた擬人化され、日常の光景を超えた救いの世界が現れることになります。

こんな人 小川双々子。岐阜県出身。愛知県一宮市にあって、俳句結社『地表《ちひょう》』を主宰。山口誓子の主宰する俳句結社『天狼』同人。句集に『囁囁記』など。大正十一（一九二二）年～平成十八（二〇〇六）年。

こんな句も 同じころの俳句です。枯れ菊を燃やしたほのかな香りが煙となって天《てん》に昇ります。そのほのかな香りが天を動かすのを待とうというのです。天とは、この場合、自分の運命を司《つかさど》る存在です。

枯菊《かれぎく》を焚《た》き天《てん》よりの声を待つ　双々子

倒《たお》れて咲く野菊《のぎく》よ野菊よと日当《ひあた》る

小川双々子《おがわそうそうし》

出典及び主な参考文献・注

本書の表記は出典に従いましたが、読者の便宜をはかり、振り仮名を漢字、古典仮名遣いに、現代仮名遣いで適宜つけさせていただきました。なお、漢字はすべて新字体にいたしました。＊印は参考文献です。

名歌の不思議、楽しさ、面白さ

1 高木市之助他校注『万葉集一』日本古典文学大系4、岩波書店、一九五七年。
2 高木市之助他校注『万葉集四』日本古典文学大系7、岩波書店、一九六二年。
3 久曾神昇全訳注『古今和歌集三』講談社学術文庫、一九八二年。
＊阿部俊子全訳注『伊勢物語上』講談社学術文庫、一九七九年。
4 久曾神昇全訳注『古今和歌集一』講談社学術文庫、一九七九年。
5 久曾神昇全訳注『古今和歌集一』講談社学術文庫、一九七九年。
6 久保田淳・平田喜信校注『後拾遺和歌集』岩波文庫、二〇一九年。
7 有吉保全訳注『百人一首』講談社学術文庫、一九八三年。
＊安東次男『百人一首』新潮文庫、一九七六年。
8 峯村文人校注・訳『新古今和歌集』新編・日本古典文学全集43、小学館、一九九五年。
＊西郷竹彦著『増補・合本　名句の美学』黎明書房、二〇一〇年。
9 有吉保全訳注『百人一首』講談社学術文庫、一九八三年。
＊安東次男『百人一首』新潮文庫、一九七六年。
10 『橘曙覧全歌集』岩波文庫、一九九九年。
11 土屋文明他編『正岡子規全歌集　竹乃里歌』岩波書店、一九五六年。
12 久保田正文編『新編　啄木歌集』岩波文庫、一九九三年。古典仮名遣いへの振り仮名を除き、振り仮名は原文のまま。
＊西郷竹彦著『啄木名歌の美学』黎明書房、二〇一二年。
13 『正岡子規・伊藤左千夫・長塚節集』現代日本文学大系10、筑摩書房、一九七一年。
14 『長塚節全集第三巻』春陽堂、一九二六年。
15 斎藤茂吉他選『赤彦歌集』岩波文庫、一九三六年。
16 伊藤一彦編『若山牧水歌集』岩波文庫、二〇〇四年。
17 与謝野晶子『みだれ髪』東京新詩社・伊藤文友館、一九〇一年。
18 高野公彦編『北原白秋歌集』岩波文庫、一九九九年。
19 『日本の詩歌7』中公文庫、一九七六年。
20 山口茂吉他編『斎藤茂吉歌集』岩波文庫、一九五八年。
21 今西幹一他著『桐の花／酒ほがひ』和歌文学大系29、明治書院、一九九八年。

名句の不思議、楽しさ、面白さ

1 井本農一・堀信夫注解『松尾芭蕉①』新編・日本古典文学全集70、小学館、一九九五年。
＊菅谷規矩雄『詩的リズム―音数律に関するノート―』大和書房、一九七八年。
2 井本農一・堀信夫注解『松尾芭蕉①』新編・日本古典文学全集70、小学館、一九九五年。
3 栗山理一他校注・訳『近世俳句俳文集』日本古典文学全集42、小学館、一九七二年。
4 栗山理一他校注・訳『近世俳句俳文集』日本古典文学全集42、小学館、一九七二年。
＊捨女を読む会編著、自筆句集の翻刻『捨女句集』和泉書院、二〇一六年。
5 栗山理一他校注・訳『近世俳句俳文集』日本古典文学全集42、小学館、一九七二年。
6 栗山理一他校注・訳『近世俳句俳文集』日本古典文学全集42、小学館、一九七二年。
7 栗山理一他校注・訳『近世俳句俳文集』日本古典文学全集42、小学館、一九七二年。
8 復本一郎校注『鬼貫句選・独ごと』岩波文庫、二〇一〇年。

9 栗山理一他校注・訳『近世俳句俳文集』日本古典文学全集42、小学館、一九七二年。

10 栗山理一他校注・訳『近世俳句俳文集』日本古典文学全集42、小学館、一九七二年。

11 暉峻康隆他校注『蕪村　一茶集』日本古典文学大系58、岩波書店、一九五九年。

12 栗山理一他校注・訳『近世俳句俳文集』日本古典文学全集42、小学館、一九七二年。

13 栗山理一他校注・訳『近世俳句俳文集』日本古典文学全集42、小学館、一九七二年。

14 暉峻康隆他校注『蕪村　一茶集』日本古典文学大系58、岩波書店、一九五九年。

15 栗山理一他校注・訳『近世俳句俳文集』日本古典文学全集42、小学館、一九七二年。

16 落合直文「将来の国文」『国民の友』明治23年（山本正秀『近代文体形成資料　発生篇』六五二〜六六二頁）国語史資料の連関・国語史グループ　http://kotobakai.seesaa.net/article/823875.html

17 高浜虚子選『子規句集』岩波文庫、一九九三年。

18 和田茂樹編『漱石・子規往復書簡集』岩波文庫、二〇〇二年。

＊芭蕉の「武蔵野や一寸ほどな鹿の声」の頭注に、「一寸ほどな」は、「一寸ほどなる」の「る」が脱落したもの。中世から近世にかけて用いられた」とあります。（井本農一他注解『松尾芭蕉集①』新編・日本古典文学全集70、小学館、一九九五年）

19 村上護編『尾崎放哉全句集』ちくま文庫、二〇〇八年。

20 「鳴雪句集」『現代俳句集成第二巻』河出書房新社、一九八二年。

21 加藤郁乎編『芥川竜之介俳句集』岩波文庫、二〇一〇年。

ルナール、辻昶訳『博物誌』岩波文庫、一九九八年。

22 「定本芝不器男句集」『現代俳句集成第五巻』河出書房新社、一九八二年。

23 『篠原鳳作全句文集』沖積舎、一九八〇年。

24 愛媛県松山市役所前のお濠端の句碑。昭和七年松山刑務所内に建立の句碑を、昭和二十八年ここに移した。

25 『定本村上鬼城句集』三省堂、一九四〇年。

26 村上護編『山頭火句集』ちくま文庫、一九九六年。

27 「定本川端茅舎句集」『現代俳句集成第七巻』河出書房新社、一九八二年。

28 『現代名家　女流俳句集』交蘭社、一九三六年。

29 現代俳句協会青年部編『新興俳句アンソロジー』ふらんす堂、二〇一八年。

30 「杉田久女句集（抄）」『現代俳句集成第九巻』河出書房新社、一九八一年。

31 「渡邊水巴集」『現代俳句全集第二巻』、冨岳本社、一九四七年。

32 高浜虚子『虚子五句集（上）』岩波文庫、一九九六年。

33 原石鼎『花影』改造社、一九三七年。

34 鈴木しづ子『夏蜜柑酸つぱしいまさら純潔など―句集「春雷」「指輪」』河出書房新社、二〇〇九年。

35 「普羅句集」『現代俳句集成第七巻』河出書房新社、一九八二年。

36 『雲母代表作家句集　第一輯』雲母発行所、一九四九年。

37 「野守」『現代俳句集成第七巻』河出書房新社、一九八二年。

38 『日野草城句集』角川文庫、一九五二年。

39 飯田蛇笏生誕百年記念実行委員会編『新編　飯田蛇笏全句集』角川書店、一九八五年。

40 『西東三鬼全句集』角川文庫、二〇一七年。

41 『西東三鬼全句集』角川文庫、二〇一七年。

42 「天の狼」『現代俳句集成第七巻』河出書房新社、一九八二年。

43 久保田万太郎句集『流寓抄以後』文藝春秋新社、一九六三年。

44 『橋本多佳子全句集』角川文庫、二〇一八年。

45 「東洋城千句集」『現代俳句集成第十三巻』河出書房新社、一九八二年。

46 「定本木下夕爾句集」『現代俳句集成第十三巻』河出書房新社、一九八二年。

47 『小川双々子全句集』沖積舎、一九九〇年。

編著者紹介

武馬久仁裕

1948年愛知県生まれ。名古屋大学法学部政治学科卒業，東洋政治思想史専攻。俳人。現代俳句協会理事。東海地区現代俳句協会副会長。日本現代詩歌文学館振興会評議員。船団会員。

主な著書に『G町』（弘栄堂），『時代と新表現』（共著，雄山閣），『貘の来る道』（北宋社），『玉門関』『武馬久仁裕句集』（以上，ふらんす堂），『読んで，書いて二倍楽しむ美しい日本語』（編著），『武馬久仁裕散文集　フィレンツェよりの電話』『俳句の不思議，楽しさ，面白さ』『子どもも先生も感動！　健一＆久仁裕の目からうろこの俳句の授業』（共著）『誰でもわかる日本の二十四節気と七十二候』（「文学で味わう二十四節気」「文学で味わう七十二候」執筆）（以上，黎明書房）他。

名歌《めいか》と名句《めいく》の不思議《ふしぎ》，楽《たの》しさ，面白《おもしろ》さ

2020年4月25日　　初版発行

編著者	武《ぶ》 馬《ま》 久《く》 仁《に》 裕《ひろ》
発行者	武 馬 久 仁 裕
印　刷	株式会社太洋社
製　本	株式会社太洋社

発行所　　株式会社 黎《れい》明《めい》書《しょ》房《ぼう》

〒460-0002　名古屋市中区丸の内3-6-27　EBSビル
☎052-962-3045　FAX052-951-9065　振替・00880-1-59001
〒101-0047　東京連絡所・千代田区内神田1-4-9 松苗ビル 4F
☎03-3268-3470

落丁本・乱丁本はお取替します。　ISBN978-4-654-07673-4